실연의 역사

실연의
역사

박주영 소설

문학동네

차례

나는 아이팟이다

나는 시간이 흐르길 기다리고 있다. 어둠이 짙어가는 휑한 거리, 누군가가 버리고 간 것들이 거리를 마구 뒹굴고 있다. 길모퉁이에 취한 남자가 너부러져 있다. 분명 조금 전까지는 그에게 일행이 있었다. 그런데 어느새 남자는 혼자다. 나처럼. 나는 그에게 다가간다. 그리고 그의 호주머니를 뒤진다.

남자의 휴대폰 바탕화면에는 갓난아기의 얼굴이 깔려 있다. 부재중 전화목록에는 '우리집'이 무수히 떠 있다. 그의 '우리집'에서 열한시와 열한시 삼십분 사이에 몇 번이나 전화를 했으나 그는 받지 못했다. 나는 그의 휴대폰으로 그의 '우리집'에 전화를 건다. 자정이 가까워오는 한밤, 전화벨 소리에 깼는지 아이는 울고, 아내는 남편의 늦은 귀가에 화가 나 있다. 나는 술 취한 남자가 쓰러져 있는 곳을 알려준다.

기다리는 일은 지루하다. 그래서 나는 항상 아이팟을 가지고 다닌다. 음악은 모든 것을 잊게 해준다. 남자를 두고 간 일행 중의 한 명이 돌아온 것인지, 아니면 그의 아내의 연락을 받고 온 사람인지, 남자를 부축하여 차에 태운다. 그들을 물끄러미 바라보는 순간 아이팟에서는 손담비의 〈No Sympathy〉가 흘러나온다. "아직 거짓말처럼 아무 일도 없듯이 다시 넌 내게 돌아왔지. 하지만 나도 그렇게 아무렇지 않은 듯 받아줄 수 있을까." 음악은 어떤 것을 기억하게 만든다. 남자는 무사히 집으로 돌아갈 것이다. 나도 이제 집으로 돌아가야 한다.

언니는 오늘도 자지 않고 있다. 내가 문을 열고 들어갔을 때, 언니는 불도 켜지 않은 거실에 놓인 안락의자에 앉아 있었다. 그 안락의자는 어머니가 이십 년 가까이 사용한 낡은 것이다. 언니는 내가 들어오는 걸 알았을까. 언제나처럼 언니는 눈길 한 번 주지 않는다. 거실에 놓인 삼십이 인치 텔레비전 화면에서 나오는 빛이 언니의 모습을 희미하게 밝히고 있다. 텔레비전은 오늘밤도 아무런 소리도 내지 않고 있고, 언니의 귀에는 이어폰이 꽂혀 있다. 그 하얀 이어폰을 나는 언제 어디서든 알아볼 수 있다. 아이팟이다. 나는 오늘도 아무 말 없이 내 방으로 들어간다.

침대에 눕자마자 휴대폰을 꺼내 윤주 언니에게 집에 도착했다는 문자를 보낸다. '지금까지 뭐한 거야? 또 방황?'이라고 문자가 온다. 나는 '잘 자, 언니'라고 답장을 보낸다. 윤주 언니는 '너도'라고 답한다.

나는 윤주 언니를 엄마가 입원해 있던 병원에서 만났다.

"얘, 그거 아이팟 클래식이니?"

병원 이름이 줄줄이 새겨진 환자복을 입고 있는 여자였다. 내가 대답할 사이도 없이 그녀가 다시 물었다.

"아이팟 클래식 맞지?"

"네."

"그건 몇 기가니? 내 건 육십 기가인데."

그녀는 환자복의 호주머니에서 하얀색 아이팟을 꺼냈다. 아이팟 오세대였다. 그로부터 이 년 뒤에 나온 나의 은색 아이팟 클래식은 백육십 기가였다. 그녀는 나의 은색 아이팟을 흘낏거렸다. 만져보고 싶은 게 틀림없었다. 하지만 아무에게나 나의 아이팟을 건넬 수는 없었다. 특히 저런 고수들에게는. 아이팟을 처음 만져보는 인간들은 아이팟을 통해 아무것도 알지 못할 공산이 크다. 어떻게 켜고 끄는지조차도 알 수 없을 테니까. 나도 처음에는 그랬으니까. 하지만 흘낏 보는 것만으로 아이팟 클래식을 알아보고 어떤 점이 달라졌는지 궁금해서 생전 처음 보는 아이에게 말을 거는 인간이라면 내 아이팟을 오 분만 만져보고도 어떤 것을 알 수 있을 것이었다.

그녀는 자신의 이름이 윤주이며 나이가 나의 곱절이 넘을 테지만 자신을 아줌마라 부르지 말고 언니라고 불러달라면서, 나에게 먼저 자신의 아이팟을 건넸다. 윤주 언니는 확실히 고수였다. 누군가의 속마음을 알려면 자기가 먼저 고백해야 하는 법이다. 언니는 자신의 아이팟은 이미 용량이 꽉 찼다고 했다. 무언가를 넣으려면 무언가를 지워야 한다고 했다. 그리고 그 선택을 하는 게 요즘은 어렵다고 했다. 그때 나의 아이팟은 아직 절반도 채워지지 않았다. 그것은 육십 기가와 백육십 기가의 차이일 수도 있고, 삼 년 된 아이팟과 일 년 된 아이팟의 차이일 수도 있고, 언니와 나의 차이일 수도 있었다.

윤주 언니에게는 그것이 네번째 아이팟이었다. 이전의 아이팟 셋은 죽었다고 했다. 언니는 분명 죽었다고 말했다. 하나는 '납치'였고, 다른 하나는 '잠과 같은 죽음'이었으며, 나머지 하나는 '자살'이었다고 했다.

"내가 컬러액정을 갖고 싶다고 생각하고 며칠 후 애가 죽어버린 거 있지. 독한 것. 죽을 거면 신호라도 보내면 좀 좋아. 그럼 장기이식이라도 했을 거 아냐."

언니는 아이팟에 든 파일들을 꺼내서 옮기는 걸 장기이식이라고 표현했다. 그럼 아이팟 배터리를 바꾸는 건 심장수술이고, 고장난 아이팟을 가까스로 살려내는 건 심폐소생술인가. 나는 이 언니가 병원에 오래 있긴 있었나보다라고 생각했다.

나는 아직 내 아이팟의 죽음을 경험해보지 못했다. 그리고 다른 어떤 존재의 죽음도. 그것은 나의 첫번째 아이팟이었다.

북적거리는 육 인실은 지옥이었다. 그곳에는 사람을 아프게 하는 질병과 사람을 슬프게 하는 죽음이 있었다. 엄마는 오랫동안 병원에 있었다. 그리고 나도 엄마를 따라 오랫동안 병원에 있었다. 죽어가는 사람들, 죽기를 기다리는 사람들, 그리고 지금은 알 수 없는 그 언젠가 죽을 사람들. 윤주 언니와 엄마는 죽어가는 사람들에 속했고, 나는 언젠가는 죽을 사람들에 속했다.

윤주 언니와 나는 공통점이 아이팟밖에 없었다. 우리는 처지도 입장도 세대도 학력도 달랐다. 언니는 삼십대의 대학 강사였고, 나는 십대의 중학교 중퇴생이었다. 그리고 언니는 환자였고, 비록 어리긴 했지만 나는 엄연히 보호자였다. 굳이 공통점을 찾자면 언니의 엄마와 우리 엄마의 나이가 비슷하긴 했다. 언니는 첫사랑과 결혼했으면 나만한 딸이 있을 거라고 얘기하고는 했다.

미국에 있는 언니에게 연락을 한 건 윤주 언니 때문이었다. 어느 날 윤주 언니가 나에게 물었다.

"너도 외동딸이니?"

"아니요."

"아니야? 그럼 다른 가족은?"

"언니가 하나 있어요."

윤주 언니는 그때까지 내가 한 번도 본 적 없었던 우리 언니보다 나이가 약간 많았다.

"언니가 있는데 네가 왜 병원에서…… 학교까지 그만두고……"

"엄마가 아파서 그만둔 건 아니에요."

"그럼?"

"공부하기 싫어서요."

나는 공부를 못하기도 했지만 공부하는 것이 제일 싫었다. 하지만 성적이 나쁘다고 엄마의 야단을 맞은 적은 없었다. 엄마는 나에 대해서라면 성적뿐만 아니라 다른 어떤 것에도 너그러우신 편이었다. 그것은 차라리 무관심에 가까웠지만 나는 그렇게 생각하고 싶지는 않다. 나이가 많은 엄마는 이미 생활에 지쳐 있었고, 결국에는 병에 지쳐 내가 학교를 그만두는 것도 상관하지 않으셨다.

"야, 공부하기 좋은 사람도 있어?"

"언니 엄마가 언니는 공부하는 거 좋아한다던데요. 박사라면서요."

"그러고 싶을까? 우리 엄마. 다 죽어가는 딸이 박사면 뭐하고 천사면 뭐해? 안 그러냐? 아무튼 너희 언니는 어디서 뭐하느라 병원에 한 번도 안 오니?"

"미국에 있어요."

"미국 어디?"

그때 나는 윤주 언니의 질문에 대답할 수 없었다. 나는 막연히, 아주 막연히 나에게는 언니가 있고, 그 언니가 미국에 있다는 것만 알았다. 내가 알고 있는 건 거기까지였다. 그게 전부였다. 엄마와 나는 엄마의 세월을 함께 나누었던 적이 없었다. 앞으로 언젠가, 다음에 언젠가, 가족이 모두 모여 이야기할 기회가 있을 거라고 나는 생각하곤 했다. 어쩌면 엄마도 나처럼 생각했을지도 모른다. 그래서 엄마는 내게 그토록 아무것도 알려주지 않았을 것이다.

윤주 언니는 더 늦기 전에 미국에 있는 언니에게 연락을 하라고 했다. 그 '더 늦기 전에'가 '엄마가 죽기 전에'라는 것을 나는 모르지 않았다. 하지만 그때는 늦지 않았다고 생각했다. 엄마를 통하지 않고 언니에게 닿을 수 있는 방법을 나는 알 수 없었다.

엄마가 입원하면 집에는 나 혼자였다. 집과 학교와 학원을 오가는 내 또래 아이들과 달리 나는 병원과 집을 오갔다. 혼자 남은 집에서는 여전히 엄마가 늘 마시던 소주 냄새가 나는 것 같기도 했고 담배 냄새가 나는 것 같기도 했다. 술에 취한 엄마가 기다려주던 불 켜진 집이 그리워지고 있었다.

술에 취하면 엄마는 휴대폰으로 나에게 전화를 하곤 했다. 어디서 뭐하고 있느냐고, 어서 집으로 돌아오라고. 그리고 내가 집으로 돌아오면 '불쌍한 것' 하며 나를 안아주시기도 했다. 하지만 그건 알코올이 불러온 감정의 과장일 뿐이었다. 냉정하게 판단하자면 엄마는 나를 사랑하지 않았다. 아니, 단순히 사랑하거나 사랑하지 않거나 하는 차원의 문제가 아니었다. 엄마는 나를 완전히 끌어안지도 않았고 또 한 번도 자기 밖으로 냉큼 밀어내지도 않았다. 엄마는 다만 나를 지켜보고 계셨다. 어쩌면 그때 엄마는 나를 기다렸던 것이 아니었을지도 모른다.

언니를 찾기 위해 나는 엄마의 허름한 장롱을 뒤지기로 했다. 그 허름한 장롱은 아귀가 맞지 않은 지 오래되었다. 엄마가 시집올 때 가져온 것이라고 하니 사십 년 가까이 된 것이었다. 이전까지 나는 한 번도 그 장롱의 서랍을 열어본 적이 없었다. 엄마가 내 책상 서랍을 열어보는 게 싫듯 엄마도 내가 그 장롱 서랍을 열어보는 걸 싫어할 것 같았다. 그리고 너무 뻔해서 열어볼 필요도 없다고 생각했다. 그 서랍에는 엄마의 낡고 허름한 세월이 들어 있을 뿐이었다.

오래된 장롱의 서랍은 삐거덕거렸다. 옆으로 이리저리 비틀어 억지로 서랍을 빼냈다. 그렇게 힘겹게 엄마가 침묵하고 있던 세월은 내게 모습을 드러냈다. 곱게 개켜진 아기옷 사이에 언니의 편지들이 놓여 있었다. 소인으로 보아 십오 년 전에 보낸 것이 처음이었다. 겉봉의 주소는 모두 달랐다. 마치 이사를 갈 때마다 주소를 알리기 위해 보낸 것처럼.

편지의 내용을 보려다가 나는 잠시 망설였다. 이 편지는 언니가 엄마에게 보낸 것이었다. 하지만 언니가 어떻게 지냈는지, 지금까지 어떻게 살고 있는지 궁금했다. 가족이니까 하나쯤 본다고 해서 큰일 날 것 같지는 않았다. 나는 봉투 하나를 골라서 그 안을 들여다보았다. 아무것도 없었다. 봉투들마다 편지는 없었다. 귀퉁이가 닳아 너덜너덜한 그 봉투들을 그토록 소중히 간직하고 있을 정도라면 편지도 당연히 그곳에 있어야 하는데 어디로 간 것인가? 엄마는 그것들을 잃어버린 것일까, 없애버린 것일까?

가장 최근에 보낸 이 년 전의 주소로 결국 나는 언니에게 편지를 쓰기로 했다. 모르는 사람에게 무언가를 해야 할 때는 상황이 아주 불가피할 때뿐이다. 엄마의 상황은 확실히 좋지 않았고 더 나빠질 가능성마저 있었다. 나는 언니의 동생 정아라고, 엄마가 많이 아프다고…… 거기까지 쓰고 나니 더이상 할 말이 없었다. 더 무슨 말을 할까, 무슨 말을 할 수 있을까, 망설이다가 그렇게만 써서 편지를 부쳤다. 이 년이라는 세월을 훌쩍 넘어 내 편지가 언니에게 도착하리라고 기대하지는 않았다. 하지만 윤주 언니 말대로 더 늦기 전에 뭔가를 해야 한다면 내가 달리 할 수 있는 일은 아무것도 없었고, 그래서 그렇게 했다.

언니는 너무 늦게 왔고, 엄마는 너무 빨리 갔다. 엄마는 암이 자신을 죽일 때까지 기다릴 수 없었는지도 모른다. 작년 가을 엄마는 교통사고로 돌아가셨다. 술에 취해서 무단횡단을 하던 엄마는 육중한 트럭에 치여 그 자리에서 죽었다. 길 건널 때 차 조심하고, 밥은 꼬박꼬박 챙겨 먹고, 라고 내게 늘 당부하던 엄마였으니 그 죽음은 당황스러웠다. 하지만 그 말은 엄마라면 누구나 자식에게 하는 당부일 것이다. 엄마는 세상 엄마들 누구나 하는 그런 이야기 말고는 내게 남긴 이야기가 없었다.

나는 혼자서 장례를 치러야 했다. 사흘 만에 엄마는 한 줌의 재가 되었다. 그리고 나는 엄마의 짐을 정리했다. 엄마의 물건은 많지 않았다. 하지만 그 물건들을 정리하는 일은 쉽지 않았다. 무엇도 버리지 못하는 엄마가 간직하고 있던 것 중에는 언니의 성적표나 상장 같은 것도 있었다. 이름이 윤아인 언니는 나와는 달리 아주 뛰어난 학생이었다. 그러니까 언니가 미국으로 간 건 도피가 아니라 도약이었을 것이다. 나는 '수'와 '1'로 점철된 언니의 성적표를 보면서 내 나이 때의 언니를 상상했다. 엄마의 물건들은 거의 모두 암호에 가까웠으며 추억이 아니라 추측을 낳았다. 서랍 속 아기옷 사이에 놓여 있던 언니의 편지봉투처럼.

나는 어떤 것을 버리고, 어떤 것을 남겨야 할지 결정할 수 없었다. 윤주 언니는 추억의 정수만 남기고 모두 없애버리라고 했다. 심장을 아프게 하고, 눈물을 흘리게 하고, 인생을 그 자리에 머물게 만드는 모든 것을 눈앞에서 그리고 마음에서 치우라고 했다. 엄마의 휴대폰, 낡은 수첩, 금붙이들, 언니의 편지봉투들과 그 봉투를 감싸고 있던 아기옷은 버리지 않고 상자에 넣었다. 언젠가 언니라는 사람을 만난다면 나는 그것들을 전해줄 생각이었다.

마지막으로 나는 내 휴대폰을 바라보았다. 엄마의 휴대폰에 내가 단축번호 1번 '딸'로 저장되어 있듯, 내 휴대폰에 엄마는 단축번호 1번 '엄마'로 저장되어 있었다. 다시는 울릴 리 없는 그 번호를 지울 수가 없었다. 태우거나 버릴 필요도 없다는 그 사실 때문에, 일순간에 아무 흔적도 없이 삭제해버릴 수 있기에, 나는 엄마의 번호를 아직은 지울 수 없었다.

내가 예상했던 것보다 훨씬 빨리 나는 그 상자를 언니에게 전해줄 수 있었다. 나는 언니에게 엄마가 돌아가셨다고 말했고, 언니는 나에게 "정아니?"라고 묻고는 내가 고개를 끄덕이자 다시 몇 살이냐고 물었다. 자매의 상봉치고는 시시해서 싸늘하기조차 했다. 언니는 상자를 안고 텅 빈 엄마의 방으로 들어갔다.

나는 아이팟을 꺼내 하얀 이어폰을 귀에 꽂는다. 플레이 버튼을 누르자 집에 들어오기 전 일시정지시켜놓았던 노래가 계속해서 흘러나온다. "무엇이 두려운 건가요. 지금 내 눈을 보며 얘기해봐요. 정말 나 혼자 둘 건가요. 이대로 날 떠나가나요. 거짓말이라고 말해줘 이젠. 지금 이 순간 진심을 말해봐요."* 언니에게도 아이팟이 있고 나에게도 아이팟이 있다. 하지만 우리는 서로의 아이팟에 어떤 음악이, 어떤 비디오가, 어떤 사진이 담겨 있을지 짐작할 수 없다.

이제 나는 열일곱 살이다. 언니는 나보다 열일곱 살이 더 많다고 들었던 것 같다. 그렇다면 언니는 서른네 살일 것이다. 십칠 년이라는 세월은 쉽게 뛰어넘을 수 있는 것이 아닐 것이다. 우리는 같이 산 지 이제 겨우 다섯 달이 되었을 뿐이다.

얼마만큼 잤을까. 희미한 초인종 소리가 들렸다. 아주 가까운 곳이다. 언니와 나는 초인종을 사용하지 않는다. 언니와 나는 서로를 위해 문을 열어준 적이 없다. 시계를 보았다. 오전 열한시. 어쩌면 언니는

* 마이 앤트 메리, 〈굿바이 데이〉.

아직 자고 있을 것이다. 초인종 소리가 다시 들렸다. 아무래도 우리 집이 틀림없다. 손으로 대충 머리를 다듬으며 문을 열었다.

낯선 남자가 서 있다. 그 낯선 남자도 내가 낯선 모양이다. 한참을 아무 말도 않고 있다. 나도 아무 말 않고 그를 쳐다보았다. 그는 분명 집을 잘못 찾은 것이다. 이윽고 그 낯선 남자가 더듬거리며 아주 어색한 발음으로 말했다. 이상한 발음으로 그가 또박또박 말하는 이름은 언니의 이름 같았다. 그는 유나라고 말했고, 나는 "윤아?"라고 물었다. 그가 고개를 끄덕였다. 집을 잘못 찾은 게 아닌 모양이다.

"유나 찾아…… 왔어……요."

아주 이상한 발음의 한국말이지만 나는 그가 중국인도 일본인도 아니라는 걸 느낄 수 있었다. 같은 피를 타고난 사람들만은 절대로 헷갈리지 않고 알아볼 수 있는 무언가가 있는지도 모른다. 이 낯선 남자에게 한국인의 피가 흐르고 있을 거라고 나는 단정짓는다. 그렇지만 그와 나는 문을 경계로 여전히 집 밖과 집 안에 서 있을 뿐이다. 그때 언니의 목소리가 들렸다.

"마크……"

그의 시선은 나를 건너 내 등뒤에 서 있을 언니에게로 갔다. 나는 언니와 그를 남겨두고 내 방으로 들어왔다. 언니와 낯선 남자가 거실에 있는 동안 나는 내 방에서 나가지 않을 것이다. 아이팟을 찾아 이어폰을 귀에 끼우고 '임의재생'을 눌렀다.

아이팟의 셔플 기능을 처음 만났을 때 윤주 언니는 신세계를 만난 기분이었다고 했다. 윤주 언니는 자신의 아이팟이 신처럼, 친구처럼, 음악으로 자신을 위로해준다고 했다. 나는 우연을 필연으로 이해하고 기계를 인간을 넘어 신으로 진화시키는 윤주 언니가 놀라웠다. 그뒤로 나도 내 아이팟이 내게 전하는 메시지에 귀를 기울였다.

"우리는 지나가고 거짓말을 하고 시간을 낭비해요. 시간은 흘러가고 사람들은 거짓말을 하고 모든 게 너무 빨리 지나가요." 셔플로 음악을 듣는다는 건 우연이다. 하지만 그 우연은 내가 선택한 선택지 안에서의 우연이다. 우연히 라디오에서 흘러나오는 음악을 듣는 것과는 다르다. 내 아이팟에 없는 음악을 아이팟은 나에게 들려줄 수 없다. 우리는 선택하기도 하고 선택하지 않기도 한다. "시간은 흘렀고 우리는 죽었고 모든 게 너무 빨리 갔어요."* 노래가 끝나고 나는 눈을 떴다. 내 시야에 언니가 들어왔다.

"아무리 노크를 해도 기척이 없어서."

내 귀에만 들리는 음악 소리 때문에 나는 언니의 노크 소리를 듣지 못한 모양이다.

"마크가 같이 나가서 점심식사를 함께하고 싶다는데 괜찮겠니?"

나는 잠시 망설였다. 솔직히 나가고 싶지 않다. 그러나 그렇게 말해서는 안 될 것 같다. 나가고 싶지 않다고 말하는 것은 나에게, 그러니까 언니가 바라보는 나에게 너무 어울리지 않는다. 언니랑 살게 된 이후 나는 잠자는 시간을 제외하고는 늘 바깥에 나가 있었으니까. 그리고 이것은 우리가 자매가 되고 나서 언니가 내게 처음으로 하는 부탁일지도 모른다. 나는 고개를 끄덕였다. 언니는 방문을 조심스럽게 닫고 나갔다.

---

* Julie Delpy, 〈An Ocean Apart〉.

나와 언니, 그리고 마크가 함께 식사를 하기 위해 간 곳은 패밀리 레스토랑이었다. 주말이라 그런지 가족끼리 연인끼리 친구끼리 식사를 하러 온 사람들로 그 많은 테이블들이 꽉 찼다. 나와 언니, 그리고 마크는 다른 사람들 눈에 어떻게 보일까.

마크는 조사가 맞지 않고 발음이 이상한 한국말로 자꾸 내게 말을 걸다가 도저히 안 되겠는지 영어로 말했다.

"캔 유 스피크 잉글리쉬?"

"노."

나는 그렇게 단호하게 말했다. 제대로 된 문장으로 된 그의 이야기를 알고 싶지 않다. 그가 왜 미국에서 왔는지, 언니와 함께 미국에서 어떻게 지냈는지, 앞으로 언니랑 어쩌고 싶은지, 그런 것이라면 하나도 궁금하지 않다.

엄마가 돌아가신 후에도 나는 자주 병원에 갔다. 병원이 이제 나에게는 내 집보다 편안하고 익숙했다. 나는 윤주 언니의 엄마와 밥을 먹기도 하고 언니 옆을 지키기도 했다. 그리고 윤주 언니에게 계속 영어를 배웠다. 언니는 세 가지 이유 때문에 나에게 영어를 가르쳐야 한다고 했다. 첫번째는 언니가 제일 잘하는 것 중의 하나가 영어라는 것이었고, 두번째는 누군가를 가르치는 감각을 잃고 싶지 않다는 것이었고, 세번째 이유는 가르쳐주지 않았다.

나의 영어는 나날이 늘었다. 학교에서 성적이 바닥이었던 것치고는 놀라울 정도였다. 윤주 언니는 '네가 누구 제자인데'라며 자랑스러워했다. 내가 검정고시에 합격했을 때 엄마가 '네가 누구 딸인데'라고 말했을 때처럼. 요즘 윤주 언니를 기쁘게 하는 것은 그런 것밖에 없다. 항암치료는 실패로 돌아갔고 윤주 언니는 마흔 살이 되었다. 그리고 나에게는 해야 할 일이 아무것도 없다.

식사를 하면서 언니와 마크는 줄곧 영어로, 나와 언니는 이따금 한국어로, 마크와 나는 꼭 필요한 순간에만 이상한 한국어로 이야기했다. 마크는 사랑하는 여자의 동생이라는 나와 친해지고 싶을지도 모르지만, 나는 언니에 대해 아는 것이 없고, 마크는 나에 대해 아는 것이 없으므로 조각조각난 불완전한 단어로도 그와 나의 대화는 충분했다. 드디어 피곤한 식사가 끝났다. 마크는 사흘 뒤에 다시 만나자고 했다. 집으로 돌아와 언니와 나는 각자의 방으로 들어갔다.

방문을 소리나지 않게 조심스럽게 열어본다. 아무도 없다. 나는 거실로 나가 텔레비전을 켰다. 밤 열시. 드라마를 할 시간이다. 나는 텔레비전의 볼륨을 낮췄다.

병실의 사람들은 거의 하루종일 텔레비전을 봤다. 진료를 받는 것 외에는 침대에 누워 있는 시간이 대부분이었다. 무얼 할지 알 수 없는 그 한없는 시간을 보내기에 드라마는 나쁘지 않은 선택이었다. 드라마를 보다보면 사람들은 어느새 내일을 기다리게 되었다. 그 드라마의 세계에 편입되지 않은 건 윤주 언니뿐이었다. 윤주 언니는 아이팟으로 음악을 들으며 책을 읽었다. 그러던 언니가 어느 날 말했다.

"더이상 책을 못 읽겠어. 집중이 안 돼. 음악도 못 듣겠어."

나는 왜냐고 묻지 않았다. 그것은 너무도 당연한 일이었다. 아직 이십 년도 살지 않은 내가 사십 년 가까이 산 언니를 이해할 수는 없겠지만, 책을 읽을 수 없는 순간이 나에게는 아주 빈번했다. 나는 오히려 그런 시간에도 책을 읽는 윤주 언니, 한밤중에 독서등을 켜고 페이지를 사각사각 넘기던 언니가 더 이상했다. 이제 한계의 시간이 온 것이었다. 하지만 언니와 나는 그 시간을 변화의 시간으로 받아들였다.

책을 읽을 수도 없고 병실의 사람들 모두가 보는 드라마를 무작정 볼 수도 없었던 윤주 언니는 다른 방식의 이야기를 원했다. 나는 언니를 위해 아이팟에 미국 드라마들을 담아주기로 했다. 하지만 언니의 아이팟은 이미 포화상태여서 또다른 아이팟이 필요했다. 우리는 아이팟 터치에 대해 얼마간 고민했다. 용량이 그리 크지 않다는 것이 단점이었지만 드라마는 음악과 달라서 보고 난 후에는 지우면 그만이었고, 무엇보다 아이팟 터치의 큰 화면은 거부하기 힘든 장점이었다.

새로 구입한 아이팟 터치를 개봉하던 날 윤주 언니는 나에게 칼 라거펠트의 아이팟 가방에 대해 이야기해주었다. 나는 칼 라거펠트를 몰랐다. 〈섹스 앤 더 시티〉도 〈가십걸〉도 보지 않던 때였으니까, 샤넬도 펜디도 몰랐는데 그 브랜드의 디자이너라는 사람까지 알 수는 없었다.

"수십 개의 아이팟을 체계적으로 넣어두는 가방이야."

나는 수십 개의 아이팟이 정돈된 가방을 상상했다. 한 인간에게 왜 그렇게 많은 아이팟이 필요한 건지 이해할 수 없었지만 세상에는 아주 많은 음악이 있었고 그 음악을 모두 담으려 한다면 아이팟이 수십 개, 수백 개, 수천 개가 필요할 것이었다.

"그 아이팟들에 하나하나 음악을 채워넣은 게 과연 칼 라거펠트일까?"

나는 칼 라거펠트를 몰랐지만 언니의 뉘앙스로 보아 스티브 잡스만큼 바쁜 사람일 것 같았다.

"분명 비서가 했을 거야. 어쩌면 아이팟 관리만 담당하는 비서가 있을지도 모르지. 그러니까 칼 라거펠트는 아이팟으로 애인을 죽인 여자의 심정 같은 건 이해할 수 없을 거야."

애인이 자신의 아이팟에 든 음악을 모두 지워버린 데 격분해서 아이팟으로 애인의 머리를 내리쳐서 죽인 여자에 관한 이야기를 나도 어디선가 본 적이 있었다. 아이팟의 하얀 이어폰이 강도의 표적이 된다는 뉴스나 새로운 아이팟이 발매되기를 기다리며 매장 앞에 며칠씩 줄을 선 사람들의 이야기보다 충격적이긴 했지만 순간적으로 머리가 돌아버렸을 그 여자의 심정을 나는 짐작할 수 있었다. 아이팟을 자신이 좋아하는 음악과 사진과 비디오로 차곡차곡 채우고 자신이 원하는 대로 분류하는 데에는 노력과 시간이 들었다.

"그럼 그건 그의 아이팟이 아니지."

윤주 언니와 나는 그 아이팟들을 칼 라거펠트의 것으로 인정할 수 없다는 데 동의했다. 자신의 시간을 투자해서 하나씩 채우고, 그렇게 선택한 것들과 보낸 시간의 흔적이 고스란히 남은 아이팟만이 진정한 아이팟이기 때문이다. 그래서 언니의 새로운 아이팟 터치는 우리의 아이팟이 되었다.

나는 아이팟 터치에 윤주 언니가 원하는 것들과 좋아할 만한 것들을 채워서 병원으로 다시 가지고 갔다. 언니는 의외로 〈그레이 아나토미〉를 좋아했다. 병실의 사람들은 다들 의학 드라마를 싫어했는데. 언니는 병원에서도 무엇이든 가능하고, 가장 나쁜 상황에서도 희망과 사랑과 웃음이 있다는 점이 마음에 든다고 했다. 주인공이 환자가 아니라 결국 의사인 점이 마음에 걸린다면서 다음 세상에는 의사가 되어야겠다고 했다가 나중에는 나더러 의대에 가라는 얘기까지 했다. 나는 언니에게 '공부도 못하는 내가 의대는 무슨'이라고 얘기하지 않았다. 무언가에 열중하는 동안에는 나를 잊을 수도 있기 때문이다. 그것은 윤주 언니가 아픔도 슬픔도 잊고 계속 인생을 사는 방법 중의 하나였다.

사흘이 지났다. 나는 그동안 외출하지 않았다. 언니는 그동안 한밤중에 안락의자에 앉아 귀에는 이어폰을 꽂고 소리죽여 텔레비전 화면을 보지 않았다. 약속대로 마크가 다시 왔다. 마크는 더듬더듬 말했으나 전보다 훨씬 안정적인 한국말로 나에게 말했다.

"유나는…… 돌아가야 해……"

가고 말고는 언니가 결정할 일이다. 나는 언니를 쳐다보았다.

"그러니까…… 정아도…… 같이…… 가자."

나는 마크가 아닌 언니에게 말했다.

"나는 가지 않을 거야. 갈 이유가 없어. 언니 없이도 엄마와 난 잘 지내왔어. 내 허락이 필요한 거라면 아니, 나 때문이라면 언니는 가도 돼. 난 아무 상관 없으니까."

마크는 언니에게 내가 무슨 말을 했는지를 물었고, 언니는 마크에게 내가 미국으로 가지 않겠다고 말한 거라고, 자신도 미국으로 갈 수 없다고 말했다. 그리고 그들은 계속 말한다. 아니, 소리친다. 전에 마크가 나에게 영어를 할 줄 아느냐고 물었을 때 나는 '예스'라고 대답했어야 했다. 그랬다면 그들은 내 앞에서 이런 이야기를 하지 않을지도 모른다. 나는 더이상 듣고 싶지 않다. 더이상 알고 싶지 않다. 나는 현관 쪽으로 뛰어갔다. 언니가 나를 붙잡았다. 내 아이팟이 툭 하고 떨어졌다. 그대로 나는 집을 뛰쳐나왔다.

아이팟 없이 시간을 보내는 방법을 나는 알지 못한다. 쉴새없이 문자를 주고받을 또래의 친구도 없고, 끝없이 과거와 현재와 미래를 이야기할 부모도 가족도 없다. 언니를 따라 미국에 가면 나는 어떤 진실과 마주해야 할까. 나에게 선택의 여지가 있을까. 있다면 나는 선택하지 않을 것을 선택하고 싶다. 아이팟의 셔플 기능처럼.

나는 휴대폰을 꺼냈다. 내가 언제든 전화를 걸면 받아줄 사람을 이제 나는 한 사람밖에 알지 못한다. 그때 내 휴대폰이 울렸다. 내가 부르려고 한 그 사람이 바로 그때 나를 찾았다. 윤주 언니였다.

"언니."

"정아야."

하지만 정아라고 내 이름을 부른 건 윤주 언니가 아니었다. 윤주 언니의 엄마였다. 어떤 사람의 휴대폰으로 그 사람이 아닌 다른 사람이 전화를 거는 건 나쁜 일이 있다는 뜻이다. 전화를 걸 수 없을 만큼 나쁜 일.

"정아야, 우리 윤주가 얼마 못 버틸 거 같아."

나는 병원으로 달려갔다. 윤주 언니는 호흡기를 달고 가쁜 숨을 몰아쉬고 있었다.

"언니, 나 왔어."

나는 언니의 마르고 까칠해진 손을 잡았다.

의사가 와서 보호자와 상의할 것이 있다고 했다. '생명연장시술'을 할지를 결정하라는 것이다. 언니의 엄마는 어찌해야 할지 모르겠다고 했다. 윤주 언니가 한 번도 죽음에 대해 이야기한 적이 없다고 했다. 나도 엄마와는 한 번도 죽음에 대해 이야기한 적이 없었다. 나는 윤주 언니와 죽음에 대해 이야기한 적이 있었던가. 언니가 〈그레이 아나토미〉를 보고 했던 이야기들이 떠올랐다. 그 무수한 '나라면'의 가정 중의 하나는 생명을 연장하는 어떤 시술도 하고 싶지 않다는 것, 의식 없이 살아 있고 싶지는 않다는 것이었다. 나는 언니 엄마에게 언니가 그런 식으로 조금 더 살기를 원하지는 않을 거라고 얘기했다.

"정말이니? 너한테 그렇게 얘기했어?"

나는 고개를 끄덕였다. 언니는 눈이 오는 날 죽고 싶어했다. 나에게 그렇게 말한 적 없지만, 〈크리미널 마인드〉에서 에밀리가 친구의 죽음의 진실을 밝힌 날 밤 눈이 내리는 장면이 너무 좋았다고, 죽음이 그렇게 기억되면 좋겠다는 얘기를 했었다. 지금은 청명한 봄날 밤. 창밖으로는 벚꽃잎이 눈처럼 휘날리고 있다. 언니, 비슷하지 않아? 나는 이게 더 좋은데 언니는 어때? 나는 언니의 손을 잡고 그렇게 물었다. 저녁 아홉시 삼십칠분, 의사는 윤주 언니의 사망을 선고했다.

윤주 언니의 장례식장에 나는 줄곧 머물렀다. 윤주 언니의 지상에서의 마지막 시간을 함께하고 싶었고, 나는 갈 곳이 없었다. 그곳에서 사람들은 떠날 줄 모르는 내가 누구인지 궁금해했다. 나는 누구일까. 윤주 언니와 나는 무엇일까. 우리는 친구였지만, 사람들이 단번에 받아들이기에는 나이 차이가 너무 많았고, 언니가 나에게 영어를 가르

쳤지만 그렇다고 제대로 된 사제지간도 아니었고, 내가 언니라고 부르긴 했지만 자매도 아니었다. 윤주 언니가 없는 세상에서 나는 그 누구도 아닌 채로 외로웠다. 나는 늘 혼자였지만 이번에는 제대로 혼자가 된 기분이었다.

장례식이 끝나고, 윤주 언니의 엄마는 나에게 네모난 상자를 내밀었다.

"윤주가 너한테 남긴 거야. 무슨 일 있으면 이건 너한테 꼭 주랬어. 그리고 다른 것도 있을 텐데, 너한테 뭘 줘야 할지 모르겠구나. 네가 가질 수 있는 게 있으면 우리 윤주가 좋아할 텐데. 미국 가기 전에 우리 집에 한번 와."

'미국 가기 전에'라는 이야기가 마음에 걸렸지만 나는 고개를 끄덕였다. 윤주 언니는 그렇게 생각했었나보다. 언니는 나에게 이미 많은 걸 주었는데, 그래도 더 가지고 싶은 게 있다면 그건 언니의 사진이다.

윤주 언니의 상자를 열었다. 두 개의 아이팟이 나란히 누워 있었다. 하나는 윤주 언니의 하얀 아이팟이었고, 또하나는 우리의 아이팟 터치였다.

윤주 언니의 하얀 아이팟을 아이튠스에 접속시키면 알게 될 진실과 거짓말을 나는 짐작할 수 있다. 윤주 언니의 아이팟 이름은 스텔라이다. 언니는 그 이름이 자신의 영어 이름이라고 했지만 그 이름이 언니의 세례명이라는 걸 장례식에서 알았다. 언니는 나처럼 빅뱅을 좋아한다고 했지만 제일 자주 들었던 가수는 이소라일 것이다. 그리고 언니는 자신의 하얀 아이팟에 들어 있는 동영상이 영화 〈비포 선셋〉과 〈비포 선라이즈〉 딱 두 편뿐이라고 했지만, 지울 거라고 했던 〈프린세

스 다이어리〉가 어쩌면 속편까지 들어 있을지도 모른다.

하얀 아이팟에 언니의 인생이 담겼다면 우리가 끊임없이 지우고 채웠던 아이팟 터치에는 언니의 선택이 담겼을까. 언니는 어떤 드라마의 에피소드는 지우지 말고 보관해두라고 했다. 나는 그 에피소드들을 '페이보릿'이라는 재생목록에 따로 모아두었다. 언니는 내가 열일곱 살이라는 이유로 어떤 에피소드는 보지 못하게 했다. 그럴수록 더 보고 싶어지는 게 인간의 마음이지만 나는 보지 않았다. 언니가 인생의 모든 것을 미리 알 필요는 없다고 얘기했기 때문이다. 그리고 어떤 것은 모른 채로 지나가도 좋다고도 했다.

언니는 자신의 인생으로, 선택으로, 나에게 어떤 이야기를 남겼을까. 여기에 남은 것들은 퍼즐이다. 열일곱 살 지금의 나로서는 전체 그림을 알 수 없는 퍼즐. 이 퍼즐 조각들로 제대로 된 그림을 맞출 때쯤이면 나는 언니의 나이가 되어 있을까.

나는 우리의 아이팟 터치를 켰다. 윤주 언니가 마지막으로 본 것은 〈그레이 아나토미〉 시즌5의 파이널이었다. 언니는 메러디스의 내레이션을 나에게 외우게 하곤 했다. 나는 언니가 마지막으로 보았을, 그녀의 마지막 이야기를 들었다. "당신은 말한 적 있나요? 사랑한다고, 너 없이는 살고 싶지 않다고, 네가 내 인생을 바꿔놓았다고, 말한 적 있나요? 목표를 정하고 그걸 이루기 위해 노력하세요. 하지만 가끔 하던 일을 멈추고 주위를 둘러보세요. 그리고 기억하세요. 지금 이 순간이 바로 인생이란 것을. 이 순간은 다시 오지 않는다는 것을."

윤주 언니가 없으니 울릴 리 없던 내 휴대폰이 진동하는 것이 느껴진다. 나는 파란 화면에 동동 뜬 두 글자를 바라보았다. 그 두 글자는 '엄마'였다. 나는 전화를 받았다.

"어디니? 정아야, 거기 어디야? 무슨 일 있어?"

"언니가 죽었어."

무언가를 더 말하려는데 목소리가 나오지 않고 내 말은 어느새 흐느낌이 되고 있다. 내 울음소리 너머로 누군가 계속해서 내 이름을 부르면서 집으로 돌아오라고 했다. 엄마가 죽은 후 사라졌던 시간이 부활했다. 그리고 이 시간이 곧 끝나리라는 걸 나는 알고 있다. 이제 집으로 돌아갈 시간이다.

오늘도 언니는 자지 않고 있었다. 텔레비전은 켜져 있지 않았다. 언니가 괜찮냐고 낮은 목소리로 물었다. 나는 고개를 끄덕였다. 언니가 나의 아이팟을 건넸다. 언니가 나의 아이팟을 살펴봤다면 나를 알게 되었을 텐데, 언니는 그랬을까.

"저기, 있잖아. 네 아이팟 고장났어. 아이팟이 원래 충격에 약한 편이잖아. 그래서 내가 새걸로 하나 샀어. 미안하다."

언니는 왜 미안하다고 할까. 내가 언니의 팔을 뿌리치지 않았다면 아이팟은 죽지 않았을 것이다. 다 내 잘못이다. 나 때문에 언니는 엄마와 삶도 죽음도 함께하지 못했는데. 미안하다고 해야 할 사람은 나다.

나는 언니가 준 새 아이팟 상자를 들고 내 방문을 열었다. 그때 언니가 내 이름을 불렀다. 그리고 자신의 아이팟을 내밀었다.

"네가 좋아할 만한 게 있을지 모르지만 여기서 필요한 거 꺼내. 어떻게 하는지 모르겠지만 그렇게 할 수 있다면서."

언니의 아이팟은 까만색에 빨간 휠이 달린, U2 에디션이었다. 나는 언니의 아이팟을 받아도 될지 망설였다.

"언니."

"응."

나는 언니가 사망을 확인한 나의 은색 아이팟을 생각했다. 정말 죽었니? 묻고 싶었다. 가끔은 죽은 것 같았던 이 아이들이 살아나기도 한다는 이야기를 들었다. 하지만 지금은 더이상 어떤 죽음도 확인하고 싶지 않다.

"같이 미국으로 갈게. 그 대신 조건이 있어. 언니의 영어 이름은 유나지. 이제부터 나는 언니를 유나라고 부를게. 언니와 마크는 나를 스텔라라고 불러줘."

언니가 고개를 끄덕였다. 지금 이 순간은 두 번 다시 오지 않는다. 내일이면 모두 사라질지 모른다. 나는 언니를 조금 더 알고 싶다. 아주 조금만 더. 지금 내 앞에 언니의 아이팟이 있다. 그리고 나의 두번째 아이팟이 있다.

스파이의 탄생

계절이 두 번 바뀌는 동안 나는 잠들어 있었고, 깨어났을 때 십오 년의 세월이 내 머릿속에서 사라졌다. 나는 내가 무슨 일을 하던 어떤 사람인지 기억하지 못한다. 내가 누구인지 기억하지 못하는 나에게 내가 누구인지 말해줄 수 있는 사람은 누구일까. 그리고 그 사람이 말하는 내가 진짜 나일까. 가끔은 여전히 꿈을 꾸는 것 같다. 이것은 내가 스파이였다는 사실을 알게 되기까지의 이야기이다.

*

"여기가 어디죠?"

"병원입니다. 성함이 어떻게 되시죠?"

"K입니다. 제가 왜 여기 있는 거죠?"

"환자분은 여섯 달 동안 혼수상태였다가 깨어나셨습니다."

"오늘이 며칠인가요?"

내가 기억하는 마지막 날짜는, 그들이 말해준 날짜로부터 십오 년 전 10월의 어느 날이었다. 그때 나는 열아홉 살이었고, 고등학교 삼학년이었다. 나는 문학이나 철학을 전공할 것인지, 법대를 갈 것인지를 고민하고 있었다. 나는 무슨 전공을 선택했을까. 그리고 시험에 합격했을까. 오늘이 정말 의사가 말해준 날이라면 나는 서른다섯 살이었다. 의사는 내가 여섯 달 동안 의식불명이었다는데 나는 십오 년을 의식불명인 채로 살아온 것만 같았다.

"저희 부모님께는 연락하셨습니까?"

"이런 말씀 드리기 죄송스럽지만, 부모님은 두 분 다 돌아가셨더군요."

부모님의 죽음에 대한 기억이 없으니 그들은 지난 십오 년 사이에 사망했으리라. 그들이 죽었다고 생각하니 좋은 기억들만 생각날 법도 하련만 아니었다. 철들고 나서의 기억 속에서 그들은 너무 한결같아서 로봇 같았다. 기억하지 못하는 부모의 죽음이라는 사건은 아무런 느낌도 없었다. 나는 슬프고 아픈 상처 없는 인간으로 다시 태어난 것일까.

"그럼 그동안 저에 관한 처리는……"

부모는 모두 사망했다고 하고, 나에게는 형제도 자매도 없다. 결혼은 했을까? 그랬다면 지금 왜 아내나 아이는 내 옆에 없을까? 그럼, 그런 게 없는 거겠지. 어느새 나는 내 삶을 추측하는 사람이 되어 있었다.

"친구분께서 하셨습니다."

의사가 말했다. 역시 아내는 없는 게 맞는 모양이다. 이런 일은 친구보다 가족이 우선이다. 그렇다면 의사가 말하는 '친구'는 누구일까?

"저는 이제 어떻게 되는 겁니까?"

"몇 가지 검사를 하고 경과를 두고봅시다."

의식불명에서 깨어난 후 나는 텔레비전을 보고 신문을 읽고 잡지를 보고 책을 읽었다. 그러자 내가 지난 시간의 흐름을 인식하고 있다는 걸 알게 되었다. 대통령이라든가, 흥행영화라든가, 베스트셀러라든가, 하는 정치, 사회, 문화적 변화를 나는 인식하고 있었는데, 다만 그것을 겪는 내 모습이 내 기억 속에 없었다. 나는 내 손으로 대통령을 뽑지 않았고, 극장에 가서 영화를 보지 않았고, 책의 페이지를 넘기지 않는 식이었다. 내가 직접 겪은 경험담이 아닌, 더이상 해석의 여지가 없는 사실이나 정보를 나는 거의 모두 알고 있었다. 내 육체는 서른다섯 살의 건장한 남자였고, 내 정신은 서른다섯 해를 데이터로 축적하고 있었지만, 나 자신에 대한 기억은 십오 년 전까지였다. 그러니까 나는 이십대 전체와 삼십대 초반의 개인적인 추억이 없는 사람이 되어 있었다.

의식을 찾고 삼 주가 지났지만 나는 여전히 스무 살 이후의 내 개인적인 삶을 기억해내지 못했다. 나는 내 삶을 기억하는 것과 기억하지 않는 것으로 분류했으며 그것은 이제 시간적 분류를 의미했다. 그러니까 내가 기억하는 것은 태어나서부터 이십 년이었으며 내가 기억하지 못하는 것은 지난 십오 년이었다.

"기억을 일부 잃은 것 외에는 놀라울 정도로 후유증이 없으십니다.

오히려 저보다 건강하신걸요. 그리고 의사로서 이런 말 하는 거 좀 그렇지만 모두 기억하고 사는 사람이 어디 있습니까? 너무 괘념치 마십시오."

의사는 그렇게 나를 애써 위로하기까지 했다. 그리고 뇌에 이상이 있다거나 해서 기억에 문제가 생긴 것은 아니며, 정신적인 문제인 것 같다고 했다. 의사는 퇴원을 한 후 통원치료를 받으면서, 정신과 상담을 병행할 것을 권했다.

나는 퇴원 전 입원 서류를 살펴보았다. 서류에 보호자로서 서명한 이는 Y였다. 기억에 없는 이름이었다. 나는 그 서류를 담당한 간호사에게 Y에 대해 물어보았다. 간호사는 Y가 여자이며, 내가 의식불명으로 누워 있는 동안 한 달에 한두 번 정도 병원에 와서 내 상태를 묻고 내 얼굴을 보고 갔으며, 바빠서 자주 오지 못하니 필요하면 언제든 연락을 달라고 당부했다고 했다. 그런데 Y는 내가 깨어난 지 한 달이 다 되어가는 지금까지 한 번도 병원에 오지 않았다.

신분증에 기록된 나의 집으로 나는 아마도 일곱 달 만에 돌아가는 것이리라. 이곳은 어디 산다고 말하는 것만으로도 재산의 규모를 짐작할 수 있을 그런 이름을 가진 아파트였다. 일곱 달 동안 병원에 있다가 나온 초췌한 산발의 사내가 이 동네, 이 아파트 이름을 대자마자 택시기사는 나를 다르게 보기 시작했다. 그리고 이제 나는 내 삶이 그런 것들로 가득 찼다는 것을 알게 되었다. 아마도 나는 내가 원하는 학과에 가지 못했을 것이다. 그랬다면 이런 삶의 풍경을 갖는 건 불가능했을 테니까.

나는 타인의 집에 들어선 것처럼 이 집 주인의 삶을 상상했다. 방은 셋이었는데, 하나는 침실, 하나는 서재, 하나는 드레스룸이었다. 드레스룸에 들어서자 제일 먼저 눈에 띈 것은 색깔별로 정리되어 있는 아르마니 콜레지오니, 에르메네질도 제냐, 휴고 보스의 클래식 슈트였다. 그다음 내 눈길을 끈 건 브라이틀링, 크로노스위스, 바쉐론 콘스탄틴, 브레게, IWC의 시계였다. 시계는 스무 개가 넘었는데 그 가운데 다섯 개가 기억났다. 아버지의 롤렉스와 오메가, 어머니의 피아제와 카르티에, 샤넬이었다. 그제야 나는 그들의 죽음이 실감났다. 그 시계들은 그들이 아끼던 것들로 죽지 않았다면 내 집에 있을 리가 없었다.

나는 서재로 발걸음을 옮겼다. 커다란 책상 위에 데스크톱과 노트북이 놓여 있었고, 책상 바로 뒤 책장에는 여러 가지 파일들이 꽂혀 있었다. 그리고 오른쪽 책장에는 경제 관련 책들이, 왼쪽 책장에는 철학과 문학 책들이 꽂혀 있었다. 오른쪽 책장 가운데 칸에는 다이어리가 수십 개 꽂혀 있었다. 나는 그중 몇 권을 꺼내보았다. 다이어리는 시간을 분 단위로 나눈 보고서에 지나지 않았다. 내가 잃어버린 과거의 시간 속에서 몇 시 몇 분에 무얼 했는지를 알 수 있었지만 그렇다고 내가 어떤 인간인지를 알게 되지는 않았다.

지난 십오 년간의 내 삶은 졸업장, 자격증, 사원증으로 간단히 요약되었다. 나는 유명 금융회사의 애널리스트였다. 그리고 그 어디에도 다른 사람의 흔적은 없었다. 서른다섯 살의 나는 혼자였다.

이제 회사로 가야 할 때가 되었다. 지금 당장 업무에 복귀하는 건 어려울 것이다. 지난 칠 개월 내가 일을 멈춘 동안의 시장 상황을 돌이켜보아야 할 것이다. 그동안 세상으로부터 분리되었던 나의 분석을 누가 믿어줄까. 내가 그 일을 다시 할 수 있을까. 어쨌든 미래로 나아가기 위해 결정적으로 처리해야만 하는 일이었다.

서재에는 정보들이 파일로 차곡차곡 정리되어 있었다. 이를테면 같이 일하는 동료들, 그리고 분석해온 회사에 관한 것들. 그러나 같이 일하는 사람들에 대해 어떤 기억도 떠오르지 않았다. 나는 소설의 인물 요약본 같은 파일 속의 그들을 들여다보았다. 하나같이 클론처럼 비슷비슷한 졸업장과 자격증을 가진 인간들. 그들을 가르는 건 실력이라고 부르는 실적이었다. 나는 그들의 얼굴과 내력을 외우기 시작했다.

내 차는 검정색의 BMW5시리즈였다. 운전면허를 딴 기억도, 차를 운전한 기억도 없었다. 하지만 운전면허증에 의하면 나는 스무 살에 운전면허를 땄다. 아버지에게는 벤츠가 있었고 어머니에게는 소나타가 있었다. 부모가 나에게 내 차를 사주지 않았다고 해도 나는 스무 살부터 운전을 했을 것이다. 의심의 여지가 없었다. 나는 먼지가 뽀얗게 앉은 검정색 BMW를 세차한 후 회사로 갔다.

그런데 어찌된 일인가? 이 반응은…… 그동안 어떻게 지냈느냐는 인사는 그럴 수 있지만…… 이들은 내가 그동안 병원에 있었다는 사실을 모르고 있다. 그런데 무모한 결정이었다느니, 용기가 부럽다느니, 하는 반응은 뭔가? 이제야 알겠다. 나는 이미 회사를 그만두었다. 여기 올 필요가 없었던 걸까? 그들은 나에게 질문함으로써 자신들의 삶을 재고하고 있었다. 그들이 나를 통해 자신의 미래를 예측했던 것처럼, 나는 그들을 통해 나의 잃어버린 과거를 분석했다.

나는 개인의 희생을 강요 차원이 아니라 필요이자 의무로 받아들이면서 성실하게 이 조직을 위해 일하는, 훌륭한 애널리스트였다. 그런 내가 왜 이 일을 그만두었을까? 스카우트? 비슷한 일로의 이직? 가능성이 있지만 이들에게 아무 말도 하지 않은 건 분명하다. 어쨌든 서른다섯에 인생을 새로 시작하려 했을 리는 없다. 내 삶에는 조직과 정장과 숫자가 존재할 뿐이니까.

나는 바로 내 위의 상사였던 이를 만났다.

"그동안 잘 지냈나?"

나는 긍정도 부정도 아닌, 보는 이에 따라 다르게 해석될 수 있는 애매모호한 표정을 지으면서 대답한다.

"팀장님도 잘 지내셨죠?"

여기서는 '도'가 중요하다.

"자네나 나나 피차 바쁜 사람이니 길게 얘기하지 않겠네. 핵심만 말하지. 돌아오게."

돌아오게, 라는 핵심을 위해 그는 계속 얘기한다.

"회사에서 진짜 일다운 일을 하는 사람은 십 퍼센트도 되지 않아. 사십 퍼센트는 그 십 퍼센트에게 도움이 될 수도 있는 일을 하는 거고, 나머지 오십 퍼센트 중에 절반은 있으나 마나 하고 또 절반은 일에 오히려 방해만 되지. 자네가 십 퍼센트 중의 십 퍼센트가 될 수 있다는 건 자네도 알고 나도 아네. 돌아오게."

나를 돌아오게 하기 위해 바쁘다던 그의 이야기는 자꾸 길어진다.

그는 자기에게도 나 같은 갈등이 있었다고 이야기한다. 나는 그가 말하는 '같은'의 정황이 궁금하다. 그는 자신이 마흔이 다 되어 결혼했지만 열 살 연하의 미인대회 출신 아내와 결혼했고, 최근 영재 판정을 받은 아들과 엄마를 닮아 얼굴 하나만으로도 삶이 수월할 것 같은 딸이 있다고 했다. 남들처럼 살지는 못하지만 결국 남들보다 나은 삶을 갖게 되었다고 그는 말했다. 남들보다 '나은'에서 '나은'은 그러니까 평균보다 예쁜 아내와 평균보다 월등한 유전자를 받은 2세와 평균보다 높은 연봉을 말하는 것 같았다.

나의 과거는 모르지만 미래는 이제 알 것 같다. 낯선 이 중년의 사내가 향후 십 년 혹은 그의 말대로 분발한다면 향후 오 년 후의 내 모습이다. 나쁘지 않다고 생각했지만 충분하지도 않은 미래였고, 그 '충분하지 않음'의 이유를 정확히 알 수는 없었다.

기억을 잃었다는 이야기 따위는 입 밖에 내지 않았다. 잃어버린 기억으로 이곳에서 할 수 있는 일은 아무것도 없어 보였다. 그들이 나에게 요구하는 모든 능력은 여전히 나에게 있었다. 그런대로 나는 아무 일도 없었던 것처럼 살아갈 수 있을 것이다. 그럼에도 내가 느끼는 이 허전함의 원인은 잃어버린 기억 어딘가에 있는 것일까. 그것을 찾기 위해서 나는 그 시간을 나 대신 기억하고 있을 누군가를 찾아야 했다. 거기에 내가 원하는 것이 없다고 해도. 없다는 것을 다만 확인하기 위해서라도.

프로이트는 대화가 히스테리성 고통을 평범한 불행으로 바꾼다고 했다. 나는 내 심연에 존재할지도 모를 고통을 평범한 불행으로 바꾸어줄 대화가 필요했지만, 그런 대화를 나눌 수 있을지도 모를 누군가가 있을 수 있다면 그 사람은 내 잃어버린 기억 속에 있을 것이었다. 그러므로 내가 할 수 있는 유일한 선택은 정신과였다.

의사는 오십대의 넉넉한 몸집의 여자였다. 전혀 정신과 의사처럼 보이지 않았고, 오히려 옆집 아줌마처럼 보였다. 하지만 옆집 아줌마가 정신과 의사일 수도 있는 거니까.

"여기는 어떻게 오게 되신 거죠? 누가 추천이라도 했나요?"

"아니요. 그냥 지나가다가 봤습니다."

사실이 그랬다. 입원해 있던 대학병원의 정신과는 내가 연구대상이 된 듯한 느낌이 들어 싫었다. 의사가 추천한 몇 군데 병원을 알아보고 그중에 한 군데에 가볼 생각이었는데 회사에서 돌아오는 길에 이 병원을 발견했다. 우연이었지만 나쁘지 않은 선택이었다. 의사의 졸업장과 학위증서는 이 병원의 외관이나 후미진 위치에 비해 너무나 훌륭한 것이었다.

"원래 그렇게 오시는 경우는 잘 없는데."

나는 의사에게 내가 입원해 있던 병원의 진료기록과 소견서를 건넸다. 기록을 훑어본 후 의사가 말했다.

"너무 조바심내지 않으셔도 됩니다. 기록을 보니 일상생활에는 그리 불편이 없으시겠고, 본인에 관해 기억하지 못하는 부분은 다 사실이니까 확인해서 새롭게 인식하시기만 하면 됩니다. 그러니까 나이 같은 본인의 신상정보는 말입니다. 외우고 잊지 않으시면 문제가 없는 겁니다."

나는 고개를 끄덕였지만, 의사의 말에 완전히 동의한 것은 아니었다. 그저 그녀의 말처럼 되거나 내가 그렇다고 믿을 수 있기를 원했다.

"이런 유의 병원은 처음이신 겁니까?"

"잘 모르겠습니다."

열아홉 살까지의 나는 분명 그랬지만 스무 살 이후의 나는 알 수 없었다. 어쩐지 앞으로 나는 잘 모르겠다는 말을 입에 달고 사는 사람이 될 것 같았다. 의사의 손에는 펜도 녹음기도 없었다. 내 머릿속을 들여다본 사람처럼 의사가 말했다.

"저는 환자분과 상담하는 동안에는 어떤 기록도 하지 않습니다. 정신과가 처음이신 분들도 영화나 드라마에서 많이 보아서인지 아무것도 안 적고 이러고 있으면 이상하게들 생각하시더군요. 하지만 그게 다 설정이죠. 누가 압니까? 의사들이 중요한 척하면서 적어대는 게 낙서일지. 이건 농담이구요. 사실은 제가 기억력이 비정상적으로 좋거든요. 기억력이 얼마만큼 좋은지 궁금하세요?"

이걸 네, 라고 대답해야 하나, 망설이는 사이 의사가 계속 얘기했다.

"모두 다 기억합니다. 일부러 기억하려고 하지 않는데도 전부 다 기억합니다. 그러니까 제가 제 일을 제대로 안 한다는 염려는 하지 않으셔도 됩니다. 그래서 좀 괴롭기도 합니다. 여기 즐겁고 행복한 일로 오시는 분들은 별로 없으시거든요. 환자분들은 자기 불행을 얘기해서 좀 나아지겠지만 그 나아지는 몫은 제가 떠맡는 거죠. 그러니까 일단 생겨난 불행은 사라지지 않고 총량을 유지합니다. 세상의 모든 불행이 원래 그런 겁니다. 그렇게 안됐다는 눈으로 쳐다보실 필요는 없습니다. 그래도 저는 이 일을 거저 하는 게 아니지 않습니까. 세상에는 돈도 얻지 못한 채로 점점 더 불행해지는 사람도 많습니다. 그럼 시작할까요?"

나는 의사에게 병원에서 깨어났던 순간부터 이야기를 시작했다. 의사는 그때 어떤 기분이 들었는지, 무슨 생각을 했었는지를 질문했고, 나는 또 잘 모르겠다는 대답을 했다. 의사는 그렇게 정직하게 대답하지 말고, 상상을 해서라도 어떤 대답이든 해보라고 했다. 그렇게 질문하고 대답하는 사이 시간이 흘러갔다. 상담 시간이 거의 끝나갈 때 의사가 물었다.

"잠은 잘 주무십니까?"

나는 그동안 그 문제에 대해 고민해보지 않았다. 그러니까 잘 자고 있는 것이리라. 그런데 그 질문을 받고 나니 앞으로는 잠이 잘 오지 않을 것 같았다. 어쩌면 내가 잃어버린 기억 속의 나는 불면증이었을지도 모르니까. 어쩐지 그게 어울리는 것도 같았다. 나는 잠이 오지 않는 날이 있다고만 대답했다. 의사는 수면제를 처방해주겠다고 했다.

다음 상담 약속을 하고 자리에서 일어나는데 그녀가 옆집 아줌마처럼 다정한 목소리로 말했다.

"약간의 기억상실은 영혼을 편안하게 하기도 합니다."

내가 잃어버린 십오 년의 어떤 기억이 그녀가 말하는 '약간'에 해당되는지 궁금해졌다.

"그래도 다음에 뵐 때는 자신에 대해 더 많이 확신하게 되셔야겠죠."

나는 고개만 끄덕였다. 아폴로 신전의 입구에는 이런 말이 쓰여 있다. 너 자신을 알라. 그러면 신들과 우주의 모든 신비를 알게 되리니. 과거의 나에 대해 알게 된다고 해서 신들과 우주의 모든 신비를 알게 되지는 않겠지만 지난 십오 년의 기억을 영원히 신비로 남게 하고 싶지는 않았다. 병원 서류에 기록된 나의 보호자, Y에게 연락을 해야 한다. 내가 서류를 통해 알고 있는 나 이상의 것을 그녀는 말해줄 수 있을 것이다.

내가 Y에게 연락을 미룬 것은 그녀와의 관계에 대해 단 한 톨의 힌트도 얻을 수 없었기 때문이었다. 나는 법적으로 미혼이었고, 내 집에는 어떤 여자의 흔적도 없었지만, 그렇다고 그녀가 내 여자이거나 내 여자였을 가능성을 배제할 수는 없었다. 그러나 그녀가 내 여자라면 의식불명의 나에게 필요한 최소한의 것만 해주고 내가 깨어난 후 병원에 나타나지 않은 것이 이상했다. 나는 그녀가 누구인지, 아니, 그녀가 나에게 무엇인지를 알 수 없다는 게 두려웠다.

어쨌든 그녀를 만나는 일에는 위험부담이 있었다. 만약 그녀와 내가 특별한 관계였고, 내가 그녀를 어떤 이유로 버렸다면 나는 지금 그녀에게 몹쓸 짓을 하는 것이 되리라. 하지만 어쩔 수 없었다. 기억상실이 과거의 모든 잘못을 용서받을 수 있는 이유가 되지는 못할 테지만 혹시나 저질렀을지도 모를 기억나지도 않는 잘못 때문에 영원히 이 만남을 미룰 수는 없었다. 분석은 끝났다. 이제는 확인만 남았다.

나는 그녀에게 전화를 걸었다. 그녀는 내 이름을 듣고도 아무 말이 없었다.

"만나고 싶습니다."

"왜?"

기억도 나지 않는 그녀는 나에게 서슴없이 반말을 했다.

"제가 누구인지 알고 싶습니다."

그녀가 내 이름을 불렀다. 그리고 말했다.

"어떻게 된 거야? 아니, 만나서 얘기해야겠지. 그게 낫겠다."

그녀는 약속장소와 시간을 정해주고는 전화를 끊었다. 그런데 나는 그녀를 어떻게 알아볼 수 있을까? 내게는 몇 권의 사진첩이 존재했다. 누구나 그렇듯이 그 사진첩은 시기별로 나뉘어 있었다. 나는 스무살 이후 어느 때의 사진첩을 곰곰이 들여다보아야 그녀를 찾을 수 있는지 알 수 없었다.

약속시간보다 먼저 나가 그녀를 기다렸다. 약속시간 이십 분 전부터 여자가 입구에 들어설 때마다 나는 심장이 조여들었다. 이러다가 그녀가 정말 나타나면 심장마비로 다시 병원으로 가야 할지도 모른다는 생각마저 들었다. 내가 잠시 한눈이라도 판 것일까. 어떤 여자가 내 앞에 서 있었다. 어디서 나타난 것인가. 그걸 묻고 싶은데 그사이 그녀는 내 앞자리에 앉아 커피를 시켰다. 그녀가 나에게 건넨 첫 이야기는 다음과 같았다.

"그럼 영원히 기억이 돌아오지 않는 거야?"

내내 이 자리에 앉아서 무슨 이야기인가를 나누었던 사람 같았다.

"돌아올 수도 있고, 안 돌아올 수도 있다고 했습니다."

나는 존댓말을 하고, 그녀는 반말을 했지만 그 상황을 누구도 개의치 않았다. 그녀에게 나는 아는 사람이었지만, 나에게 그녀는 오늘 처음 본 사람이었다.

"내가 누군지도 기억나지 않는 거야?"

"나는 내가 누군지도 다 기억나지는 않습니다."

그녀는 '정말 그래?'라는 표정으로 재밌는 일이라도 생긴 것처럼 나를 빤히 쳐다보더니 '설마 그런 거짓말을 하겠어?'라는 표정으로 곤란한 일이 생긴 것처럼 나를 다시 바라보았다. 내가 그녀의 입장이라고 해도 곤란하고 피곤할 것 같았다.

"그럼 어디서부터 시작하지?"

"왜 병원에서 나의 보호자로 되어 있는 거죠? 우린 무슨 관계인가요?"

"우리가 무슨 관계인지는 나도 모르겠어. 병원에서 왜 하필 나한테 연락을 했느냐가 궁금하겠지. 네 지갑에 내 명함이 있었대."

"명함? 그럼 우린 일 때문에 만난 사이인가요?"

그녀는 고개를 저었다.

"우리는 십 년 전쯤에 마지막으로 만나고 그 이후로는 한 번도 만난 적 없는 사람들이야. 그러니까 우리가 마지막으로 만났을 때는 나는 네가 가지고 있던 명함 속의 사람이 아니었어."

"한 번도 만난 적이 없다면 명함은?"

"나도 몰라. 내 명함이 왜 너에게 있었는지."

"우리는 어떻게 아는 사이죠?"

"우리는 같은 대학을 나왔어. 그 이상은 얘기하고 싶지 않아. 기억해봐야 좋을 것 없는 일들뿐이야. 몰라도 되는 일들. 어떤 일들은 나도 너처럼 기억나지 않았으면 좋겠거든."

무슨 대단한 일이 있었기에 기억하기 싫다는 것일까. 나는 궁금해졌지만 이제는 물을 수 없었다. 그녀는 단호했다.

"이렇게까지 네가 아무것도 기억하지 못할 거라고는 상상도 하지 못했어. 나에 대해 아무것도 기억 못 하는 너에게 내가 알고 있는 네 이야기를 하는 게 옳은 일일까? 그리고 내가 아는 네가 진짜 너일까? 지금은 얘기 못 하겠어. 다음에 이야기하자. 네가 뭐라도 기억해내면 말이야."

그녀의 말대로 내가 뭐라도 기억해낸다면 그건 그녀가 기억도 하기 싫은 그런 종류의 일이지 않을까. 사람들은 행복보다 불행을 선명하게 기억한다고들 하지 않는가. 세상에 행복한 사람들보다 불행한 사람들이 많은 건 기억 때문일지도 모른다. 그렇다면 나는 기억을 잃기 전보다 지금이 행복한 건가.

그녀는 가방에서 명함첩을 꺼내서 한 장을 나에게 건넸다.

"나는 왜 어떻게 네가 내 명함을 가지고 있었는지가 궁금해. 언제부터 가지고 있었는지, 왜 연락을 하지 않았는지도. 기억은 나지 않아도 너는 너니까, 생각해보면 알 수 있을 거야. 적어도 왜 그랬는지는."

나는 그녀의 명함을 보는 순간 안락한 삶을 버리고 열정을 쫓아 최소한의 것만 가지고 사는 사람을 상상했다. 그 명함에는 이렇게 쓰여 있었다. '다큐멘터리 감독 Y'. 그녀가 찍는 다큐멘터리는 인간에 관한 것일까, 자연에 관한 것일까. 나는 그녀가 새롭게 보였고, 어떤 인생을 살아왔는지, 어떤 사람인지 궁금해졌다. 이 단순한 명함만으로 나는 그녀에게 호감을 느꼈다. 지금은 기억할 수 없는 어느 때 이 명함을 처음 손에 넣던 그 순간에도 어쩌면 그랬을지도 모른다.

"그녀를 만나셨군요."

나는 의사에게 그녀를 만난 이야기를 들려주었다. 집으로 돌아와 그녀의 흔적을 찾아 대학 때 사진첩을 뒤졌지만, 역시나 그 시절 친구들은 하나도 떠오르지 않았으며, 어쨌든 그녀로 보이는 여자가 세 명쯤 있었다는 얘기를 했다. 그리고 나는 의사에게 그 사진들을 보여주었다.

"제가 보기엔 이 두 사람 중에 하나일 것 같은데요. 두 분이 혹시 연인 사이였다면 이분일 가능성이 높지만 저는 이분일 거 같아요. 사진으로 보기에는 당신은 이 남자분이랑 상당히 친하셨던 거 같군요. 그리고 이 여자분도 이 남자분과 상당히 가까워 보입니다. 그녀의 삶에 대한 이야기를 좀더 들어보시는 건 어떨까요? 당신이 그녀의 명함만을 지갑에 가지고 있었다면 이유가 있을 겁니다."

굳이 정신과 의사의 조언이 아니라 할지라도 나는 그녀를 다시 만날 작정이었다.

"저번처럼 수면제를 처방해드릴까요? 아님, 다른 게 필요하신가요?"

"필요 없을 거 같아요."

"네, 그럼 다음에 뵙지요. 가시기 전에 딱 한 말씀만 더 드릴게요. 인간은 DNA의 산물이 아닙니다. 인간은 기억의 총합입니다."

"수수께끼인가요?"

"그렇게 느끼셨나요? 그럼 그럴 수도 있겠죠."

인간이 기억의 총합이라면 나는 불완전한 인간으로 살아야 한다는 말인가. 어쨌든 그 불완전한 퍼즐에 조각 하나라도 제자리를 찾아주길 바라며 그녀를 만나러 갔다.

이번에도 나는 약속시간보다 훨씬 일찍 도착했다. 그녀의 얼굴을 모를 때보다 마음은 편했다. 뭐든 마시면서 기다릴 수도 있을 것 같았다. 술을 마시고 싶은데, 위스키나 와인을 마셔야 할지, 소주나 맥주가 더 좋은지 판단할 수 없었다. 어떤 것이 좋고 비싼지는 알 수 있었지만 내가 그것을 좋아하는지는 알 수 없었다. 술은 스무 살 이후의 영역에 속했다. 어쩌면 여자도 그럴 것이다. 그녀가 나타났다.

대학을 졸업하고 만나지 못했다는 그녀의 말을 믿는다면 못 만났든 안 만났든 그 세월이 십 년이다. 그런데 그녀에게는 우리가 만나지 못한 십 년이 아무 의미도 없는 건지 너무도 스스럼없었다. 그럴 정도로 그녀와 나는 친밀한 사이였던가. 이토록 친밀한데 왜 만나지 않고 산 것일까.

"우리 혹시 애인 사이였니?"

내가 그렇게 묻자 그녀는 깔깔거리면서 웃었다.

"너, 정말정말 아무것도 기억나지 않는 모양이네. 내가 너한테 우리 애인 사이였다고 말하면 이제부터 우린 애인 사이였던 사람들이 되는 건가?"

"분명히 해두고 싶어서."

나는 그녀에게 반말을 하기로 했다. 내 입장은 이해하지만 계속 존댓말로 어색하게 굴면 다시는 만나지 않겠다고 그녀가 말했기 때문이다. 한번 반말을 하기 시작하자 그것도 영 어색하지만은 않았다. 어쩌면 나는 두 번쯤 만나면 자연스럽게 말을 놓는 인간이었는지도 모른다.

"맞아. 우리, 사랑하긴 했었어. 다시 태어난다고 해도 우리가 그때 만큼 뜨겁게 세상을 사랑할 수는 없을 거야."

"결혼은?"

"누구? 나? 내가 결혼한 여자처럼 보여?"

"요즘 여자들 외모만 보고는 잘 모르잖아."

"한 번쯤 했을 수도 있고. 그게 뭐 중요하니? 어쨌든 지금 난 혼자야."

그녀의 결혼이 내게 있어 확인해야만 하는 일이었을까? '결혼'으로 분석할 수 있는 일들은 생각보다 많다. 그 단어가 등장했을 때의 그녀의 반응으로도. 병원에서 깨어나서 내가 스무 살이 아니라 서른다섯 살이라는 걸 알았을 때 궁금했던 것은 여러 가지였지만 그중 세 손가락에 꼽을 수 있는 것이 결혼이었다. 내가 결혼하지 않았다는 사실을 알았을 때 나는 실망했던가, 아니면 안심했던가. 분명한 것은 그녀가 나처럼 혼자라는 사실을 알게 된 지금 반갑고 안심이 된다는 것이다.

"일은 어때? 네가 하는 일이 정확히 어떤 거지?"

"너, 내가 마이클 무어라고 생각하는 건 아니지."

"왜?"

"예전의 너라면 분명 그렇게 생각했을 것 같아서. 나, 하는 일 뭐라고 해야 하나? 사람 쫓아다니는 일이지. 너무너무 성공해서 온 세상 사람들이 다 부러워하는 사람들, 가난과 병마 속에서도 굴하지 않는 사람들, 뭐 그런 거."

"언제 한번 네가 찍은 거 보고 싶은데."

"아직 내 이름으로 찍은 제대로 된 게 없어. 한심하지, 이 나이에."

그녀는 자신의 일을 후회하고 있는 듯 보였다. 현실을 너무 몰랐으며, 현실과 이상의 차이가 끊임없이 그녀를 괴롭힌다고 했다. 그런 이야기를 할 때의 그녀는 나이보다, 아니, 나이만큼 늙어 보였다.

나는 그녀에게 가져온 사진들을 보여주었다.

"이 사진 나도 있었어. 버리지 않았다면 우리 모두에게 있는 사진이야. 넌 버리지 않았구나. 우리들 가운데 정말 아무도 기억나지 않아?"

나는 고개를 끄덕였다. 나는 그녀가 말하는 '우리'가 누구를 의미하는지 알 수 없었다. 적어도 이 사진 속의 인물들이 모두 '우리'임에는 틀림없는 것 같았다.

"J는?"

그녀는 정신과 의사가 나와 친할 거라고 얘기했던 남자를 가리켰다. 나는 이번에도 고개를 저었다.

"그때의 네 이야기를 어떻게 하면 좋을지 고민했어. 그래서 말이야. 우리가 너에 대해 무슨 말을 했었는지, 그리고 네가 우리에 대해 그때 무슨 말을 했었는지를 이야기할게."

나는 그녀가 이야기하는 십 년 전 내 이야기를 들었다. 그녀는 자신이 알고 있는 '우리'의 근황도 전했다. 인간이 기억의 총합이라면 그 기억을 가진 누군가를 찾아야만 한다고 생각했다. 나를 기억하고 있는 그 누군가. 하지만 그녀는 정답이 될 수 없었다. 그녀는 십 년 전의 나만을 알고 있고, 그때의 나와 지금의 나는 완전히 다른 사람일 수도 있었다. 그녀의 이야기를 들을수록 나는 그런 생각이 들었다. 그녀의 말은 진실일 테지만 그것은 그녀의 진실일 뿐이었다.

스물네 시간만 기억할 수 있어서 매일 같은 남자와 처음처럼 사랑에 빠지는 여자가 나오는 영화가 있다. 단기기억상실증에 걸려 단서들을 온몸에 문신하고 아내를 죽인 자를 찾아다니는 남자가 나오는 영화도 있다. 알츠하이머에 걸려서 기억이 점점 사라지는 가운데 마지막으로 범인을 찾아나서는 탐정이 나오는 영화도 있다. 기억을 잃어버린 채 누군지도 모르는 사람들에게 쫓겨 다니는 스파이가 나오는 영화도 있다. 기억을 잃어버린 후 평범한 주부의 삶을 사는 킬러가 나오는 영화도 있다. 그들은 모두 기억을 잃어버렸지만 누군가가 그들을 기억하고 여전히 그들을 찾는다. 세상 끝까지. 그래서 그들은 끝끝내 자신이 누군지를 알게 된다.

그는 자신이 나의 상사라고 했다. 나는 이미 나의 상사를 만났다. 그렇다면 그는 누구인가? 그 상사 위의 상사일 수도 있겠지. 그렇다고 해서 내가 이렇게 그를 만날 이유가 있을까? 나는 내 위의 상사가 말했듯이 회사에서 아주 가능성 있는, 현재는 십 퍼센트이며 앞으로 그 십 퍼센트의 십 퍼센트가 될 인물일까. 그래서 그들은 내가 절실히 필요한 것일까.

"나는 자네가 다니던 그 회사의 상사가 아니야."

그는 자신이 내가 속한 어떤 조직의 보스라고 말했다.

"자네는 우리 조직에 속한 특수요원이야. 우리 같은 사람을 세상은 흔히 스파이라고 부르지."

프로필에 의하면 나는 군복무를 한 적도 없었다. 그런 내가 스파이라고? 도대체 무슨 일을 하는 스파이였다는 말인가? 내가 무슨 대단

한 기밀이라도 다뤘다는 말인가?

"이 일을 자네에게 처음 제안했을 때도 자네는 지금 같은, 그러니까 나는 그런 사람 아니라는 표정을 지었지. 사람들은 영화를 너무 봤어. 우리가 살인, 암살, 납치, 고문을 하고 정보를 빼내고 분쟁을 일으킨다고 생각하지. 물론 그런 일을 담당하는 이들도 있어. 세상에 알려진 조직의 요원들은 위험을 즐기지. 그들 중의 일부는 폭력적 성향을 가지고 있어. 자기들의 화를 세상을 향해 표출시키지. 그것도 국가라는 이름으로. 그 사람들은 그런 성향 때문에 요원이 되는 거지. 우리는 그들과는 다르네. 우리 일은 더 섬세하고 정교하고 비밀스럽지. 우리는 보통사람들과 섞여서 그들처럼 일하고 살면서 기다리지. 하지만 우리가 없으면 세상은 분명 지금과는 다른 모습일 거야."

자기 집을 지키겠다고 경찰과 대치한 시민들이 반체제 테러리스트로 체포되고, 정부와 다른 자기 의견을 세상에 대고 말하면 레볼루셔니스트가 되는 시대에 평범한 회사원이 스파이가 아니라는 법도 없다. 하지만 내가 기억하는, 그러니까 열아홉 살까지의 나는 그런 일을 할 사람이 아니었다.

"이게 자네의 파일이야. 여기 자네에 대한 모든 것이 있어."

나는 그가 건네준 나의 파일 첫 장을 읽었다. 사립초중고교를 졸업했으며 대학에서는 경영학을 전공했고 증권회사에 입사해 기획팀에서 오 년간 근무한 후 애널리스트가 되었다. 다섯 가지 외국어를 읽을 줄 알며 그 가운데 두 가지 외국어는 원어민 수준이다. 은행가인 아버지는 내가 대학을 졸업하고 입사하던 그해, 에세이스트이자 대학교수인 어머니는 사 년 전 사망했다. 하지만 그것은 이미 내가 알고 있는,

아니, 알아낸 것들과 다르지 않은 것들이었다.

"자네의 진짜 삶이 스파이로서의 삶이야. 이 삶에는 가족도 사랑도 휴식도 없어. 우리에게는 일과 삶이 다르지 않고, 일이 곧 삶이야. 이 사회의 가치가 자네의 가치고, 이 사회의 목적이 자네의 목적이고, 이 세상은 자네의 목적을 실현할 수단이지."

"도대체 제가 무슨 짓을 했다는 겁니까?"

"소리 없는 전쟁의 시대야. 환율과 주식 가치는 급변하고, 외환위기설이 끊이지 않으며, 기업의 구조조정과 공공재의 민영화 논란이 입에 오르내리고 있지. 현 정세를 열렬히 옹호하는 것도, 극렬히 반대하는 것도 전체에 비하면 소수에 지나지 않아. 그들의 의견이 세상을 움직이게 할까? 아니야. 세상은 움직이지 않아. 왜냐하면 우리 같은 사람들 때문에. 우리 같은 사람들이 움직일 때 세상은 비로소 변화하게 되는 거야. 세상이 위험에 빠지지 않게 하려면 우리가 우리로 남아야 하지. 이 보이지 않는 전쟁에서 우리는 자네가 제자리를 지켜주길 바라네."

내가 파일을 다음 장으로 넘기려고 했을 때 그가 다시 말했다.

"나머지는 내가 가고 난 다음에 혼자서 읽는 것이 나을 거야. 자네 삶이니 질문할 것은 없을 테지. 우리가 자네에게 원하는 것과 자네에게 줄 수 있는 것은 마지막 장에 있어. 돌아올지 말지, 선택은 자네가 하는 거야. 참, 자네 워치 마니아지. 나도 자네처럼 시계를 좋아하네."

그의 시계는 나와 같은 오메가 스피드마스터 프로페셔널 문워치 아폴로11이었지만 전 세계에 예순아홉 개만 존재하는 리미티드 에디션 플래티넘 버전이었다. 그는 이름과 휴대폰 번호만 적힌 명함을 나에게 건네주었다. 그는 이름만으로 이미 충분한 사람이었다.

"나는 이제 차를 수집하네. 자네 차를 바꿀 때가 되지 않았나? 조언이 필요하면 연락하게."

나는 차를 바꾸고 싶은가? 차를 바꾼다고 인생이 바뀌지는 않는다. 하지만 차를 바꾸면 바뀌는 것들이 있다. 인생에 충분하다는 건 없다. 시계를 모으고 차를 모으고 그림을 모으고 요트를 모은다. 집을 사고 땅을 사고 금을 사고 주식을 살 수도 있다. 세계는 숫자이다.

그가 가고 나는 남아서 파일을 읽었다. 거기에는 나이, 몸무게, 키 같은 신체 정보와 부모, 친구, 학력 같은 객관적 사실로 시작해서 내가 작성한 보고서와 누군가가 나에 대해 판단한 보고서로 이어졌고, 내가 현재 가지고 있는 것들과 그들이 앞으로 줄 수 있는 것들이 있었다. 고급 아파트와 비싼 물건들, 블랙카드와 클럽의 멤버십들. 이 모든 특권은 오로지 다 나의 능력 덕분이었을까. 선택의 순간들이 모여 지금의 나를 만들었을 것이다. 그 순간들이 내 머릿속에서 사라졌다고 해서 그때 내가 한 일이 세상 속에서 사라지는 것은 아니다. 나는 그들에게 특별하게 선택된 사람이었다.

그가 알려주기 전까지 나는 시계 없이도 살 수 있는 사람이었다. 내 취미가 시계 수집이었다는 사실을 나는 몰랐다. 그가 알려주고 파일에서 나의 수집목록을 확인하기 전까지는. 기억을 잃었다고 소중한 것이 변할 수도 있는가. 어쩌면 시계는 내가 잃어버렸거나 영원히 가질 수 없는 다른 무언가의 대체물이었을지도 모른다. 시계들이 하나 하나 내 것이 되었던 그때의 나를 기억할 수 없는 지금 저 시계들은 그저 비싼 시계에 지나지 않는다. 수백 개의 정교한 부품들이 섬세한 조율로 바늘을 숫자판 위로 움직이게 만드는 시계. 다만 나는 비싼 시계를 움직이는 부품이었던 것이다. 이 세계의 부품인 내가 멈추면 숫자들이 멈출까.

그녀에게서 전화가 걸려오지 않았다면 나는 며칠이고 그 파일을 들여다보았을지도 모른다. 그 안에서 거짓과 진실을 분석하고 잘잘못을 판단하려 했을 것이다. 하지만 그녀를 만나야 했다. 그녀는 일 때문에 여길 떠난다고, 작별인사를 하려고 전화했다고 했다.

"떠나기 전에 만날 수 있을까?"

내 질문에 그녀는 선뜻 대답하지 않았다. 대신 이렇게 물었다.

"무슨 일 있어?"

나는 아무 일 없다고 대답했다. 이번에는 내가 그녀에게 약속시간과 장소를 말했다. 바쁘면 나오지 않아도 된다고 말했지만 나는 그녀가 꼭 나오길 바랐다.

빈민국의 아이들을 화면에 담기 위해 떠난다는 그녀에게서는 어떤 희망도 절망도 느껴지지 않았다. 이제 그런 일은 그녀에게 놀랄 일이 없는 그저 평범한 일인 듯했다. 나는 매너리즘에 빠진 그녀를 위로해 주고 싶었다.

"넌 좋은 일을 하고 있어. 네가 하는 일은 세상에 도움이 되는 일이잖아."

"아니야, 나한테 도움이 되는 일이지. 이건 시시한 일이야. 먹고살기 위해서 하는 시시한 일."

그녀는 당장의 생계를 위해서 무슨 일이든 해야 하고, 그 일이란 자신이 꿈꾸던 세상과는 대체로 관계가 없다고 했다. 살기 위해서 어쩔 수 없이 하는 일이라고 했다. 그들은 나에게 선택의 여지가 있다고 말했지만 거절할 경우 내가 이 삶을 유지할 수 있는 다른 방법이 있는가.

"어쩌다가 이 세계로 들어왔을까? 나 혼자 힘으로는 아무것도 바꿀 수 없는데. 내가 먹고사는 일도 해결이 안 될 때가 있는데. 힘든 일이 있을 때 이제 내가 할 수 있는 건 눈감고 못 본 체하는 거야. 눈을 감아도 문제는 사라지지 않는다는 걸 알면서도 말이야. 눈을 떴을 때 상황은 더 나빠져 있을 뿐이지. 나도 너처럼 기억을 잃어버렸으면 좋겠어."

가장 덜 양심적이고 덜 진지한 사람이 성공하는 사회는 잘못되었다. 하지만 언젠가부터 우리가 속한 이 세상이 틀렸다고 느끼면서도 더이상 싸우지 않는 사람들이 늘어났다. 누군가는 먹고살기 바빠서, 누군가는 더 잘 먹고 더 잘살기 위해서. 다만 지켜보고 기다리다가 결국에는 사회뿐 아니라 자신의 내부에서도 아무런 의미를 발견하지 못하게 되고, 그냥 차라리 아무것도 모르고 살아가기를 바라게 되고 만다. 그녀는 그런 사람들 중의 한 사람이었다. 기억하지 못했으면 좋겠지만 여전히 기억하고 있는, 그래서 가끔은 바꿀 수 있다고 희망했다가 또 좌절하고 마는, 더 양심적이고 더 진지한 사람들.

"기억을 잃어버리면 무얼 할 수 있지?"

나는 그녀에게 물었다. 정작 기억을 잃은 내가 알지 못하는 것을 그녀가 알고 있다는 듯이.

"다시 시작하는 거지. 전부 다. 다시 태어날 수 있는 절호의 기회일지도 모르잖아. 살면서 느꼈던 좌절감이나 실망감 같은 것, 이를테면 불가능에 대해 아무것도 모를 거잖아."

"너는 뭐가 불가능한데?"

"다시는 그때의 나로 돌아갈 수 없다는 거. 그때의 나, 참 괜찮았거든."

그녀가 말하는 그때가 언제인지 나는 알 수 없었다. 어쨌든 그녀는 조금 취했고, 곧 돈을 벌기 위해 떠나야만 했고, 그래야만 하는 지금이 그때가 아니라는 것만은 알 수 있었다.

"지금도 괜찮아."

"거짓말."

"거짓말 아냐."

"넌 그때의 나를 기억 못 하잖아."

"그래도 느낄 수 있어. 지금의 네가 그냥 네가 되지는 않았을 테니까. 언제 돌아와?"

"잘 모르겠어."

"같이 갈까?"

나는 내 심장이 시키는 대로 그녀에게 말했다. 하지만 내 머리는 여전히 나에게 묻고 있다. 나에게 선택의 여지가 있을까? 그녀의 말대로 다른 누군가로 새 삶을 사는 것도 가능할까? 기억나지는 않지만 내가 꿈꾸었을지도 모를, 더 나은 사람으로.

아침의 공항 공기가 마음에 들었다. 설렘과 기대, 새로운 출발 같은 것으로 공항은 일렁이고 있었다. 삶이 내가 원하는 방향으로 흘러가줄 것만 같았다. 그리고 그곳에 그녀가 있었다. 나는 그녀의 이름을 불렀다. 그녀가 나를 향해 천천히 걸어왔다.

"진짜 나올 줄은 몰랐어."

"아침은 먹었어?"

그녀는 내 질문에 대답하지 않았다.

"넌 나랑 같이 갈 수 없어. 너는 여기 있어야 하는 사람이야. 그동안 고마웠어."

명백한 거절이었다. 그리고 어쩌면 이것은 내가 기억하게 될, 내 인생의 첫번째 실연이었다. 이럴 때 삼십대 중반의 남자들은 어떻게 할까? 시계를 사고 차를 바꿀까? 시계를 모으고 차를 바꾸려고 더 열심히 일할 수도 있겠다. 불행한 사람들은 일밖에 할 게 없다. 인생이 무의미하게 느껴져도 살아가려면 그렇게라도 해야 한다. 어쨌든 마지막인데 추하게 굴 수는 없다. 추억이라고는 없는 내 기억에 이 장면은 언제까지고 남을 테니까.

"우리 마지막으로 악수나 할까?"

나는 그녀에게 손을 내밀었다. 그녀가 내 손을 잡는 순간 나는 거기서 멈출 수 없었다. 나는 손을 끌어당겨 그녀를 가슴에 안았다. 내 가슴에 안긴 채 그녀가 내 귀에 대고 아주 조용히 속삭였다. 나는 그녀를 놓았다.

내 품에서 벗어난 그녀는 조금 전과는 다른 사람이었다. 나는 그녀에게 누구냐고도, 왜냐고도 묻지 않았다. 나는 침묵했고, 그래야 내 삶은 안전했다.

반짝이는 트렁크를 끌고 게이트를 통과하는 그녀의 뒷모습을 끝까지 바라보았다. 루이뷔통의 베르니 트렁크부터 보테가 베네타의 베네

타 백, 피아제의 폴로 시계, 티파니의 키 목걸이, 레드솔의 크리스천 루부탱 하이힐까지, 그녀가 몸에 걸치고 나간 것을 나는 숫자로 환원시켰다. 그것은 숫자일 뿐 아니라 기호이자 나에게 보내는 일종의 암호였다.

집으로 돌아와 나는 보스에게 연락을 했다. 복귀하겠다고. 제자리로 돌아온 걸 축하한다고 보스가 말했다. 아르마니의 클래식 슈트를 입고 샤넬의 넥타이를 목에 두르고 테스토니의 스트레이트 팁 구두를 신고 카르티에의 파샤 시타이머 워치를 찬 거울 속의 내 모습이 익숙하다 못해 진부하기까지 하다. 아무것도 바꿀 수 없고 바꿀 필요도 없다고, 거울 속의 내가 말한다. 내 인생은 가치 있으며, 너 없이 이 세계는 존재하지 않는다고. 하지만 기억 속의 나는 말한다. 내가 바꾸지 못하는 것이 나를 바꾸기도 한다고.

이 삶이 아닌 다른 무언가를 선택하기에는 이미 늦었다. 그들이 나에게 제안한 것들 중에는 MBA 합격통지서 세 장도 있었다. 지금 내가 선택할 수 있는 건 그런 것들이다. 그리고 앞으로는 더더욱 선택할 것이 없어질 것이다. 사람들이 원하는 것으로 믿어지는 삶이 내 것이지만 그 삶을 사는 것이 진짜 나일까. 이 모든 회의는 아무런 의미가 없다. 우리는 태어날 때부터 그런 삶을 살도록 운명지어진 것이 아니다. 삶은 선택할 수 있는 것이 아닐지도 모르지만 그 삶을 운명으로 받아들일 것을 선택할 수는 있다. 이제부터 나는 스파이다. 아니, 오래전부터 나는 스파이였다.

*

그가 복귀했다는 보고서가 도착했다. 이제 그는 자신이 스파이였다고 믿기 시작했다. 예전부터 그런 삶을 살아왔고, 그 삶이 자신에게 주어진 전부라고 믿으면 아무런 문제도 없어진다. 예외는 존재하지 않고, 변화는 있을 수 없고, 세상은 늘 그렇다. 그들이 그렇게 믿는 한 그것만이 진실이다. 우리가 승리하기 위해 필요한 것은 그들이 그렇게 믿으며 아무것도 하지 않는 것이다. 그것이 임무수행이다. 이렇게 또 한명의 스파이가 탄생한다.

칼처럼
꽃처럼

우리는 당신이 누구인지 알지 못한다. 여자인지 남자인지조차도 알 수 없다. 나이는 몇 살이고 어디에서 태어나서 어떻게 자랐는지 무슨 일을 하는지 이 모든 의문들에 대한 정확한 정보를 단 한 줄도 가지고 있지 않다. 다만 당신이 누군가와 헤어졌고 아직도 그 실연의 그림자 속에 있다는 것, 그것이 당신의 인생을 마비시키고 당신을 세상과 단절시켰다는 것. 이런 것들이 당신에 관해 지금 우리가 말할 수 있는 것들이다. 당신은 이미 우리에게 속해 있다. 남은 것은 우리와 만나는 일뿐이다.

내가 그들의 초대를 처음 받은 것은 그와 헤어진 후 마음이 사나워져 있을 때였다. 처음에 그와 헤어졌을 때에는 실감나지 않던 현실이 갑작스럽게 하나하나 다가와 아무것도 하지 못하고 있던 그런 날이었다. 나 자신이 한심하고 초라하고 누추하게 느껴져서 견디기 힘들었다. 특별히 그가 나빴다고는 할 수 없었다. 그는 이 세상 대부분의 사람들이 그렇게 할 거라 짐작되는 대로 행동했을 뿐이다.

나는 실연이란 인간의 힘으로는 어쩔 수 없는 자연의 법칙에 속하는 일이므로 어쩔 수 없다고 생각했다. 그렇게 생각하고 나면 조금은 무책임해질 수 있고, 내 인생에 내 의지와는 상관없이 또다른 무언가가 남아 있는 것처럼 여겨지기도 했다.

밤새 오토바이로 세상의 거리를 헤매다가 날이 밝아올 무렵 집으로 돌아와 겨우 잠이 들었다가, 오후 늦게 일어나 커피를 여러 잔 마시면서 앉아 있다가, 정신이 맑아진다 싶으면 다시 오토바이를 타는 식의 생활이 몇 달째 계속되었다. 그때 내가 달린 길들은 아주 어두웠고 아주 길었다. 가야 할 곳 따위는 마음에 두지 않았지만 정신을 차리면 언제나 그와 함께였던 곳에 멍한 얼굴로 있었다. 그렇게 처음 사랑에 빠질 때보다 더 오래 나는 그를 생각했었다.

그러던 어느 날 나는 검붉은 봉투에 담긴 초대장을 받았다. 초대장은 칠흑 같은 검은색이었고, 하얀색 글씨로 앞면에는 초대의 글이, 뒷면에는 인터넷 주소와 날짜와 시간과 아이디와 비밀번호 같은 것이 적혀 있었다. 신비주의 종교단체나 마니아적인 커뮤니티를 생각나게 했다. 아니면 마녀나 무당 같은 신비로운 능력을 가진 자의 상담 사이트일 수도 있었다. 쌀쌀하고 바람이 잦은 가을 저녁 마당에 수북이 쌓인 낙엽을 모아 치우면서 나는 그 초대장도 함께 버렸다. 그렇지만 그것은 시작에 불과했다.

여러 계절이 지나가는 동안 그들은 수시로 편지 비슷한 것을 보냈으며 몇 번의 초대장을 끈질기게 보내왔다. 인터넷 주소는 복잡했으며 매번 달랐고 그들이 내게 할당하는 비밀번호와 아이디도 매번 다른 형식이었다. 편지에는 내 과거와 현재, 그리고 미래에 대한 불특정한 메시지가 담겨 있었다. 어떤 것은 나의 현실과 묘하게도 들어맞았다. 감시당하고 있는 걸까. 아니면 내 주변의 누군가가 장난을 치고 있는 걸까. 그러나 감시를 할 만큼 나에게 관심을 가질 사람도 없었고, 장난이라고 하기에는 집요하고 끈질긴 시간이었다. 어느 쪽이든 상관없었고 두렵지 않았다. 시적이기도 하고 미신적이기도 한 그 메시지가 이제는 낯설지가 않다.

그를 처음 만난 곳은 피시방이었다. 나는 그 피시방에서 야간 아르바이트를 하고 있었다. 일은 아주 바쁘지도 않고, 그렇다고 한가로워서 책을 읽고 있거나 할 정도도 아니었다. 그는 남은 일 년의 대학 학비를 벌기 위해 휴학한 상태였다. 나중에 알았지만 그는 이것저것 많은 일을 하고 있었다. 그는 돈을 벌어서 써야 할 곳도, 하고 싶은 것도 많은 사람이었다. 그때 내가 버는 돈은 아주 적었지만 나는 그 돈마저도 쓸 곳이 없었다. 쇼핑을 하지도 않았고 별다른 취미도 없었고 만나서 놀 친구도 없었다. 그는 나를 만날 때마다 돈이 있었으면 하는 얘기를 했다. 돈이 있으면 이런 식으로 살지 않았을 거라는 말을 아주 자주 했다. 우리는 둘 다 똑같이 가난했지만 무언가 다른 것이 있었다. 나는 그때의 나를 인정했지만 그는 인정하지 못했다. 돈만 있다면 그는 자신이 전혀 다른 사람이 될 수 있다고 믿었다.

그를 만나기 전까지 나에게 가난은 아무것도 아니었다. 가난에 대해 나는 아무것도 생각하지 않았으니까. 하지만 그를 사랑하게 되면서부터 나는 나의 가난과 그의 가난, 그리하여 우리의 가난을 생각하게 되었다. 그리고 어느새 나도 그가 바라는 것처럼 아주 돈이 많았으면 좋겠다고 생각하기 시작했다. 그러면 그에게 맛있는 음식을 해주고, 그가 갖고 싶어하는 것들을 사주고, 아니 무엇보다도 그와 더 오래 같이 있을 수 있을 것이기 때문이었다. 정말이지 나는 돈이 있다면 그의 시간을 사고 싶었다. 그리하여 그를 걱정 없이 잠들게 하고 싶었다. 돈이 있으면 그의 것이 될 수도 있었을 미래 따위에서 벗어나 오로지 지금 현재에 머물게 하고 싶었다.

어느 날 술에 취한 그가 말했다. 지긋지긋해. 나만 바라보고 있는 네가 끔찍해. 나는 너의 인생을 책임질 이유가 없는 사람이야. 우리는 아무 약속도 한 적 없어. 모르겠니?

나는 아주 비참한 기분이었다. 그즈음 나는 그의 집에 살고 있었지만 그 사실이 미안하거나 부끄럽지 않았다. 우리는 함께 살고 있다고 생각했고, 나도 그를 위해서 무언가를 한다고 믿었고 아니, 내 존재 자체가 그에게 무엇이든 하게 만드는 거라고 믿었으니까. 그는 내게 아무것도 하지 않는다고 비난했고, 나는 내가 그에게 아무것도 아니라는 것을 알게 되었다. 그에게 내가 가지고 있던 어머니의 보석을 보였다면 어떻게 되었을까. 친아버지는 아니지만 그럴싸한 아버지가 있어서 내가 잘하면 얻을 수 있는 것이 있다고 말했으면 어떻게 되었을까. 하지만 나는 그렇게 하지 않았다. 아무것도 없어도, 아무것이 아니어도, 그런 나를 그만은 사랑한다고 믿고 싶었다.

지난달보다 사정이 나빠졌다. 나는 케이에게 전화를 걸었다.

"나야."

"무슨 일 있어?"

"일이 필요해."

"알아보고 연락할게. 다른 일은 없는 거지?"

"무슨 일?"

"아프거나 하지는 않은 거지?"

"아픈 데 없어."

전화를 끊었다. 케이는 분명 성실히 일거리를 알아봐줄 것이다. 나는 당연한 듯 케이에게 일거리를 알아봐달라고 하고 뒤처리까지 부탁하지만 그것이 번거로운 일임을 알고 있다. 먹고살자면 어쩔 수 없는 일이었고 뻔뻔해질 수밖에 없었다. 이제 나는 세상에 완전히 혼자였다.

그를 만나고 얼마 뒤 나는 집을 나왔다. 그리고 그가 살고 있던 가난한 동네의 낡은 방으로 찾아들었다. 그 가난한 동네에서는 밤이 되면 술에 취해 허우적거리는 영혼들의 신음소리가 들렸고, 멀리서는 굶주림 속에서 사랑을 나누는 고양이의 울음소리도 들렸다. 잘못되고 꼬인 인생들의 집합소라는 생각이 드는 그런 곳이었다. 그곳을 벗어나는 것이 그의 꿈인 이유를 어렴풋이 알 것도 같았다. 하지만 나는 그곳이 싫지 않았다. 사납고 시끄럽고 더러운 그곳에서 나는 그 어떤 때보다 사랑했다. 그를, 그리고 그를 사랑하는 나를.

차가운 방바닥에 시체처럼 누워서 가만히 천장만 바라보며 그가 돌아오길 기다렸다. 그가 없는 그 어둡고 낡고 조그만 방은 관 속 같았다. 나는 숨을 고르며 그가 얼른 돌아와 내 이름을 불러주고 안아주고 깨워주길 기다렸다.

그때까지만 해도 다시는 집에 돌아가지 못할 내 운명을 상상조차 하지 못했다. 내가 집을 나온 사이 엄마가 죽었다. 그 소식을 남의 일처럼 지난 신문의 기사를 통해 알았다. 익명으로 처리된 짧은 기사 속의 인물이 엄마라는 사실을 나는 단번에 알 수 있었다. 엄마의 죽음을 알게 된 날 집으로 몰래 들어가 엄마가 아끼던 보석함을 들고 나왔다. 나 이외에는 그것의 존재를 아는 사람이 없었으므로 아무 문제도 없었다. 새아버지가 자신이 선물한 몇몇 가지 보석이 없어졌다는 사실을 석연찮아 할지도 모르겠지만 사랑하는 여인을 잃은 슬픔에 비하면 그건 아무것도 아닐 것이다. 엄마의 죽음은 나에게 돌아갈 집이 없어졌다는 의미였고, 그와 함께 영원히 살아갈 미래가 온전히 내 결정에 달렸다는 의미이기도 했다. 나를 찾을 사람이 아무도 없다는 의미이자 나를 아는 사람이 아무도 없다는, 아니 오로지 그밖에 없다는 의미이기도 했다.

오토바이를 타고 밤거리로 나왔다. 오토바이는 그가 부정하고 싶어 하는 가난과 모욕의 시절을 함께 보낸 대가로 나에게 마지막으로 선물한 것이었다. 나는 조금도 감격하지 않았다. 그가 나와 함께했던 시간을 하나하나 철저히 모두 버리고자 했던 것에 불과했다. 결국은 입 닥치고 떨어지라는 뜻이었다. 나는 그와 같은 남자들이 염려하는 짓을 벌일 생각 같은 건 처음부터 없었다. 그렇게 한다고 해서 내가 얻을 수 있는 건 내가 원하는 것이 아니었으니까. 나는 오로지 그만을 원했고, 내가 원했던 그는 이미 죽은 사람이었다.

나는 유령의 협상에 응했다. 그가 말했다. 다시는 나를 찾지 마. 나는 아무 말도 하지 않았다. 그때 나는 말했어야 했다. 너도, 라고. 너도 다시는 나를 찾지 마, 라고. 결과적으로 그가 했던 모든 말은 거짓이 되고 말았다. 영원히 사랑하겠다는 말도, 함께 있기 위해서 무엇을 하든 상관없다는 말도, 나를 위해서라면 무엇이든 아깝지 않다는 말도, 모두모두 거짓이었다. 그는 이 세상에서 나에게 가장 심한 거짓말을, 그것도 제일 많이 한 사람이었다.

한참을 헤맨 후 배가 고팠으므로 세븐일레븐에서 플레인 요구르트를 사서 마시고 주머니를 뒤져 나온 백원과 십원짜리 동전으로 자판기에서 커피를 뽑아 마셨다. 그렇게 하고 나자 내 수중에는 이백삼십원이 남았다. 오늘 나는 몇 잔의 커피를 마셨을까. 일곱 잔 혹은 아홉 잔. 깨끗이 비워진 종이컵을 쓰레기통에 집어넣고 오토바이를 타고 왔던 길이 아닌 다른 길을 통해 케이의 작업실로 갔다.

케이는 책상에 앉아 원고지를 펴놓고 작업을 하고 있다. 나를 떠난 그처럼 케이도 어느 날 문득 내게서 등을 돌릴지도 모른다. 하지만 그렇다고 해도 상관없다. 그럴지도 모른다고 생각한 것과 생각하지 못한 것은 다르니까. 상상한 일이 일어나는 건 상상하지 못한 일이 일어나는 것에 비할 바가 아니다.

케이를 처음 만났던 그해 나는 서점에서 아르바이트를 하고 있었고, 케이는 그곳을 거의 매일 들락거렸다. 그때 대학생이었던 케이와 나는 커피를 두 번 정도 같이 마셨다. 케이는 나에게 아무것도 묻지 않았고, 나도 케이가 근처의 대학교를 다니는 학생이라는 것밖에는 몰랐다. 그러다가 나는 아르바이트를 그만두었고 케이를 볼 수 없게 되었다.

몇 해 전에 이제는 사라진 서점 근처에 있는 카페에서 케이를 다시 만났다. 세월이 많이 지났지만 케이는 나를 알아보았다. 하지만 나는 케이를 다시 만났을 때 어디선가 본 적이 있다는 것만 느꼈을 뿐 언제 어디서 어떻게 본 얼굴인지는 기억하지 못했다. 그리고 지금도 사실은 케이를 처음 만났던 그때를 기억해내지 못하고 있다. 케이가 나를 처음 만났다고 주장하는 그 시절 나에게는 케이가 말한 그런 일이 충분히 있을 수 있었다. 나는 여러 곳에서 아르바이트를 했고 알지 못하는 사람들과 아무렇게나 어울렸고 커피를 아주 많이 마셨으니까.

우리가 만나지 못한 그 몇 해 동안 케이는 대학을 졸업했고 취직을 해서 일하다가 소설가가 되었고 직장을 그만두었다. 그리고 어떤 여자와 가슴 아프게 헤어졌다. 이후 케이는 어떤 여자를 만나더라도 깊이 빠지지 않으려고 했고, 어느 정도는 그럴 수 있게 되었다고 했다. 하지만 내가 보기에 케이는 그다지 달라지지 않았다. 그는 쉽게 마음을 주고 마음을 거두어야 하는 순간에도 마음을 멈출 수가 없는 사람이다. 하지만 케이는 그 고통을 사랑이라고 굳게 믿을 타입이다. 그런 케이가 사는 내내 상처를 입는 것은 불가피해 보인다. 나는 케이를 동정하지 않는다. 그건 케이가 가진 사랑의 방식이고 그의 인생이다. 그러지 않으려고 애써도 그럴 수 없는 타고난 운명 같은 것일지도 모른다.

케이를 다시 만나고 얼마 뒤 우리가 서로의 실연의 역사를 알게 된 후 내가 물었다.

"넌 그녀와 왜 헤어졌지?"

"그녀가 원했으니까."

"너는?"

"그녀가 원하면 나도 원해야겠지."

우리가 만나지 못했던 그 세월 동안 우린 둘 다 버림받았다. 나는 그에게, 케이는 그녀에게. 나는 그의 배신을 결국은 담담하게 받아들였지만 케이는 그녀의 배신을 이해하지 못했고 잠을 이루지 못했고 끝내는 죽으려고 했던 것 같다. 그녀에게 버림받고도 케이는 그녀를 사랑했던 것이다. 하지만 나는 그에게 버림받은 이후 그뿐만 아니라 그 누구도, 그리고 나조차도 사랑하지 않았다. 그리하여 어찌되었든 그는 내가 마지막으로 사랑했던 사람이 되고 말았다.

오디오에서는 오래된 팝송이 나지막이 흘러나오고 있다.

"심심하지 않아?"

케이가 물었다.

"전혀. 계속해. 여기 이러고 있으면 마음이 차분해져."

정말 그랬다. 케이와 함께 있으면 혼자 있는 것처럼 편안했고, 혼자 있는 것처럼 외롭지도 않았다. 마치 나 자신과 함께 있는 것처럼.

"이번에 쓰고 있는 건 어떤 거야?"

"글쎄."

"잘돼가?"

"그럭저럭. 미안해."

"뭐가?"

"그냥. 이러고 있어야 해서."

"어쩔 수 없잖아."

만나본 적도 없는 케이의 여자를 저주하는 날이 있다. 그 여자 때문에 케이는 지독한 불면증에 걸렸고 잠만 자면 악몽을 꾸었으며 깨어 있는 시간의 대부분을 그녀를 생각하며 소설을 썼다. 케이가 글을 쓰는 한 그녀와 케이 사이에 있었던 일은 먼 옛날의 사랑으로 끝나지 않을 것이다.

"그녀하고는 그때 헤어지고 끝이야?"

"그때라니?"

나조차도 내가 묻는 그때를 알 수 없었다. 케이는 고개를 돌려 나를 바라보았다.

"지금 어디 있어? 그 여자."

"여기 있어."

"……"

"아직도."

케이는 자신의 심장을 가리켰다. 나는 케이에게 다가가 그의 무릎에 앉아 두 팔로 그의 목을 안고 안쪽 허벅지에 힘을 주고 천천히 움직이며 그의 목에 키스를 했다. 내 입술이 닿았던 그의 목에 선명한 자국이 남았다. 지금 케이와 함께 있는 건 나다. 나는 케이의 옷을 천천히 벗겼다. 그리고 케이의 또다른 심장을 한 손에 움켜쥐었다. 그녀가 아직도 여전히 케이의 심장을 점령하고 있다고 해도, 지금 케이의 또다른 심장을 움직이게 할 수 있는 사람은 오직 나뿐이다.

나는 잠든 케이를 물끄러미 쳐다보았다. 여윈 어깨, 긴 다리, 짧게 돋아 있는 수염, 긴 속눈썹, 지금 내 곁에 누워 있는 사람. 잠든 케이의 다리에 내 다리를 휘감고, 여윈 어깨에 얼굴을 묻었다. 케이의 몸은 뜨겁지도 차갑지도 않았다. 그리고 낙엽 태우는 냄새가 났다.

내가 집으로 돌아온 시간은 오후 네시였다. 집 앞에 서 있는 찌그러진 빨간 우편함을 열어보았다. 세금고지서와 잡지, 카탈로그 등등에 검붉은 봉투가 섞여 있었다.

당신은 요즘 산소가 희박한 곳에 갇혀 있는 듯한 느낌이 드는 날들을 보내고 있을 것이다. 해결책은 당신의 태도에 달려 있다. 지금 당신에게는 상황을 객관적으로 볼 수 있도록 도와줄 냉정하고 현명한 조언자가 필요하다. 왜냐하면 당신은 혼란스러운 상황에 놓여 있어서 현재 무슨 일이 벌어지고 있는지 제대로 파악할 수 없기 때문이다. 그러므로 누군가 당신을 이 난관에서 벗어날 수 있도록 도와주기 위해 다가오거나 당신에게 해결책을 가르쳐주려고 할 때 거절하지 않는 법부터 배워야 한다.

아득하게 초인종 소리가 들렸다. 어떤 남자의 목소리가 나를 찾고 있었다.

"무슨 일이시죠?"

그는 엄마가 죽은 사건을 취재하고 싶어서 나를 만나야 한다고 말했다.

"사양하고 싶은데요."

그러자 그는 케이를 아느냐고 물었다. 그래서 나는 현관문을 열고 마당으로 나가 낮은 울타리 옆에 서 있는 남자를 만났다. 그는 자신을 와이라고 소개했다.

"예전에 케이와 같이 일을 한 적이 있습니다."

내가 아무 말도 하지 않자 와이는 케이와의 인연을 구구절절 설명했다. 바람이 부는 마당에 서서 나는 끝나지 않을 것 같은 그의 이야기를 들었다. 그 가운데는 그 자신에 관한 이야기도 있었다. 그와 케이는 같은 신문사의 입사동기였고, 케이가 소설가가 되고 회사를 그만두고 일 년 정도 지난 후, 자신도 회사를 그만두고 프리랜서로 이런저런 지면에 글을 쓰고 있다고 말했다. 나는 그가 말하는 지면 가운데 어디에 엄마의 이야기가 필요할까 생각했다.

"커피라도 마시며 이야기하면 어떨까요? 제가 사죠."

나는 케이를 안다고 주장하는 와이와 커피를 마시기로 했다. 그는 카페에 들어서자 흡연석으로 가도 되겠느냐고 물었다. 나는 고개를 끄덕였고, 그는 자리에 앉자마자 담뱃갑부터 꺼냈다.

"제가 담배를 진짜 끊었었거든요. 그런데 다시 피우게 되었어요. 애인한테 차였거든요. 그러니 좀 양해해주세요."

와이가 담배를 한 대 피우는 동안 나는 그가 건넨 명함을 들여다보았다. 마당에서 그가 털어놓았던 제법 긴 이야기의 어떤 것도 담고 있지 않은 명함에는 그의 이름과 이메일 주소, 그리고 휴대폰 번호가 쓰여 있었다. 그곳에는 무엇이든 쓸 수 있다는 이야기도, 누구든 만날 수 있다는 이야기도, 케이와의 인연도, 그리고 그가 실연의 충격으로 다시 담배를 피우게 되었다는 이야기도 없었다.

"어머니를 많이 닮으셨군요."

와이가 말했다.

"그런 말은 처음 듣는데요."

나는 엄마를 닮지 않았다. 엄마는 아주 아름다운 여자였다. 소녀였을 때도 처녀였을 때도 아이의 엄마였을 때도 심지어 죽어서도 아름다운 여자.

내가 아는 한 엄마는 일다운 일을 한 적이 없었다. 우리를 부양하는 돈은 언제나 선물처럼 남자들에게서 왔다. 내가 중학교에 들어갈 무렵에 엄마는 아저씨와 결혼했다. 엄마는 아저씨를 아버지라고 부르라고 했지만 대체로 그렇게 부를 일은 없었다. 그가 내 아버지일 때는 누군가 내게 아버지에 관해 질문할 때뿐이었다.

아저씨는 엄마보다 스무 살 정도가 많았지만 그건 특별한 일이 아니었다. 아저씨 정도 되면 엄마보다 더 젊은 여자와도 얼마든지 결혼이 가능했다. 그렇지만 아저씨는 엄마를 선택했다. 엄마처럼 화사한 미소와 부드러운 살결과 예쁜 손과 발과 조화로운 얼굴과 매력적인 목소리를 가진 여자는 이 세상에 그렇게 많지 않았다. 그리고 나이가 들어서까지 그렇게 아름답고 매력적인 여자는 정말로 몇 명 되지 않았다. 대중의 시선을 죽을 때까지 의식하면서 살아야 하는 그런 부류의 여자들을 제외하고는 말이다. 그들에게 아름다움과 매력은 생존의 수단이고 존재의 이유일 테니까. 이제 와서 생각해보면 어쩌면 엄마도 그들과 그리 다르지 않았을지도 모른다는 생각이 든다.

"제가 보기엔 정말 많이 닮았는데요. 당신은 어머니를 언제 마지막으로 만났습니까?"

와이가 물었다.

"기억이 나지 않아요."

거짓말이 아니다. 그즈음의 엄마는, 아니 아저씨의 부인이 된 이후의 엄마는 다른 사람 같았다. 나는 내 엄마를 기억해야 했지, 아저씨의 아내를 기억해야 할 이유가 없었다. 기억할 수 있다면 나는 다른 걸 기억하고 싶고, 기억해야 한다면 적어도 그즈음의 엄마의 모습은 아니었다.

"기억나지 않는다? 사실은 나도 날 차버린 그 여자를 처음 만난 날이 언제인지 가물가물하거든요. 그 좋은 날은 기억도 나지 않는데 그 여자가 헤어지자고 한 날은 기억이 생생해요. 너무 생생해서 미칠 지경이죠."

아무리 실연했다고는 하지만 와이에게는 모든 것이 실연으로 연결되어 해석되고 있었다. 그의 태도를 나는 이해할 수 없지만 알고는 있었다. 나도 저런 적이 있었기 때문이다. 그와 헤어지고 한참 동안 나는 바깥세상에 나가지 않았다. 감정이 널뛰듯 해서 전에 알던 누군가를 만나는 일이 두려웠고, 고정적이고 지속적인 일을 할 수가 없었다.

"그나저나 담배를 끊어야 할 텐데. 차인 것도 억울한데 그렇게 어렵게 끊은 담배를 다시 피우게 되다니 망신스러워서."

그러면서도 와이는 담배를 또다시 꺼내고 있었다. 한 개비의 담배를 숨가쁘게 피우고 재떨이에 눌러 끄고는 다시 담뱃갑으로 손을 옮기며 와이가 말했다.

"어머니의 죽음에는 아주 이상한 점이 많더군요."

"그 사건에 대해서라면 저는 할 말도 아는 것도 없어요. 그때는 이미 엄마랑 같이 살고 있지도 않았거든요. 그런데 새삼스럽게 왜 그 사건을 다시 들추려는 건가요?"

경찰의 수사에 따르면 엄마는 스토커에게 살해당했다. 스토커는 엄마를 죽이고 자신도 죽으려고 했지만 살아남았다.

"그후에 어머니랑 같이 죽으려고 했던 남자가 어떻게 되었는지 아십니까?"

"제가 그걸 알아야 하나요?"

"그를 만났습니다. 그가 당신에게 이야기할 게 있답니다."

"용서라도 빌겠다고 하던가요?"

"용서를 빌면 용서해주실 건가요?"

"그건 제 몫이 아닌 거 같은데요. 죽은 사람은 제가 아니잖아요."

"정말 그럴까요?"

"네?"

"사람이 정말 죽어야 죽는 건 아니지 않을까요? 요즘 저는 그런 생각이 듭니다."

와이는 다시 담배를 피워물었다. 나는 그가 담배를 다 피울 때까지 앉아서 죽음을 생각했다. 누군가의 죽음이 아닌, 죽음이라는 단어를. 마침내 그가 가진 담배를 모조리 피우고 자리에서 일어나며 말했다.

"케이는 요즘 어떻게 지내나요? 다음에는 케이랑 같이 술이나 한잔하죠. 그리고 혹시 마음이 바뀌시거나 제가 도울 일 있으면 언제든 연락 주십시오."

나는 와이의 얼굴을 똑바로 바라보았다. 그가 나를 도울 수 있는가? 자기 자신도 돕지 못하는 그가. 그리고 그가 한 이야기는 진짜일까? 케이는 술을 마시지 않는다. 내가 아는 케이는. 하지만 내가 모르는 케이는? 누군가를 전부 아는 일은 불가능하다. 어제의 진실도 오늘은 거짓이 될 수 있고, 오늘의 거짓이 내일은 진실이 될 수 있다.

하루 중 가장 먼저 마시는 뜨거운 커피가 마음에 드는가? 다른 것을 먹어보고 싶은 생각은 없는가? 그러나 이러한 질문에 대한 당신의 대답은 확고하다. 당신의 삶에는 바꿀 필요가 없거나 바꾸고 싶지 않은 몇 가지 확고부동한 요소들이 있다. 당신이 아침에 마시는 커피에 대해 별로 얘기하고 싶지 않다면 다른 것을 예로 들 수도 있다. 이를테면 당신이 항상 하고 다니는 액세서리나 밤마다 헤매어 다니는 거리, 가장 먼저 떠오르는 전화번호 같은 것. 중요한 건 커피가 아니다. 하지만 당신이 그 안에 담긴 메시지를 유념하기 바란다.

나는 그들의 메시지를 구겨 쓰레기통에 던져넣고는 집을 나왔다. 약속장소에 케이는 아직 와 있지 않았다. 나는 입구가 잘 보이는 빈자리를 찾아 앉았다. 웨이트리스가 곧 물잔과 메뉴판을 가져왔다.

"손님이 더 올 거예요."

잔에 물방울이 방울방울 맺혀 있었다. 커피 생각이 간절했지만, 케이가 올 때까지 참기로 했다. 약속시간이 다가오면서 몹시 초조해졌다. 커피를 마시지 못해서인지, 또다른 이유 때문인지는 알 수 없었다.

휴대폰 벨이 울렸다. 케이였다.

"미안해. 못 갈 거 같아."

이유를 물으려는데 전화가 끊겼다. 나는 몹시 서운했고 갑자기 마음이 차가워졌다. 웨이트리스를 불러 커피를 주문해서 마셨다. 내가 커피를 두 잔째 주문했을 때 옆 테이블의 남자가 일어났다. 점잖게 생긴 그는 내가 들어오기 전부터 카페에 혼자 있었다. 시간이 꽤 지났지만 여전히 그는 혼자였다. 남자가 내가 앉은 테이블을 지나치더니 무언가 잊은 사람처럼 뒤돌아섰다. 그러고는 나에게 다가와 말했다.

"어디서 본 듯하군요."

남자의 목소리야말로 어디서 들어본 듯한 목소리였다.

"불쾌하셨다면 미안합니다. 무슨 뜻이 있어서 한 말은 아닙니다. 진짜 어디서 본 것 같아서요. 미안합니다."

그는 정말로 미안해했다. 적어도 내 눈에는 그렇게 보였다.

"괜찮습니다."

내가 그렇게 말했지만 그는 여전히 내 옆에 서 있었다.

"괜찮으시다면 제가 한잔 사고 싶은데……"

나는 그가 말을 끝맺기도 전에 고개를 끄덕였다. 이런 일은 거의 매일같이도 일어날 수 있는 일이다. 특별한 건 아무것도 없다. 어떤 일이, 어떤 사람이 특별해지는 건 마음이 개입되어 있을 때뿐이다. 그런데 불행하게도, 아니 다행히도 내게서 점점 그 마음이라는 게 사라지고 있고, 어쩌면 얼마 지나지 않아 흔적조차 남지 않을 것 같다.

"그런데 혼자서 어떻게…… 이 질문도 실례가 되겠군요."

"……"

"저는요. 그러니까 제가 왜 혼자서 이렇게 있었느냐 하면 말입니다. 애인한테 바람을 맞았습니다. 그런데 아주 곤란해졌습니다. 실은 오늘이 아내와 특별한 기억이 있는 날이거든요. 그러니까 아내와의 기념일에 애인이랑 약속을 했는데 그 애인이 약속을 지키고 있지 않다는 거죠. 그것도 이렇게 무작정 기다리게 하고 말이죠. 도대체 이건 무슨 심리죠?"

그는 두 여자를 동시에 사랑하는 것에 대해 나에게 말했다. 지금 자신이 애인을 기다리고 있는 형편이긴 하지만 그렇다고 아내를 사랑하지 않는 것은 아니다. 아내를 사랑하는 것과 애인을 사랑하는 것은 크기로 비교할 수 있는 것이 아니며 어쩌면 전혀 다른 종류의 것일 수도 있다. 남자는 내게 그렇게 말했다. 틀린 말은 하나도 없었다. 하지만 무언가 이상했다.

"당신이 틀린 건 아니지만 옳은 것도 아니잖아요."

"무슨 말이죠?"

"나도 모르겠어요. 하지만 당신은 알 거예요. 아니, 느낄 거예요."

그는 아주 쓸쓸한 표정을 짓더니 술을 더 시켰다. 술이 취하자 그는 나를 자신의 애인처럼 대하더니, 정신을 잃을 지경이 되자 나를 자신의 아내로 대했다. 그는 애인에게는 미래를, 아내에게는 과거를 이야기했다. 그는 자신 때문에 다른 누군가가 상처를 입을까봐 염려하고 있었다. 그러나 어쩌면 지금 가장 상처 입은 사람은 그 자신일지도 모른다.

"나를 버리지 마. 나를 버리지 않겠다고 말해줘."

술이 취한 그는 아주 간곡한 목소리로 말했다.

"나를 버리지 않을 거지. 그럴 거지. 약속해줘, 제발."

"……"

그는 나를 향해 말하고 있지 않았다. 그래서 나는 대답할 의무가 없었지만, 이대로 두고보고 있을 수만도 없었다.

"당신을 버리지 않을 거야."

"다시 한번만 말해줘."

"당신을 버리지 않는다니까."

그가 뻗어버리자 나는 그를 누구에게 보내는 것이 옳은가를 생각해야만 했다. 오늘 약속을 어겨서 술을 마시게 만든 애인, 아니면 그가 그들의 기념일을 잊어버려서 속이 상해 있을 아내. 누가 더 간절하게 그를 기다리고 있을 것인가. 어쩌면 지금 이 순간 그를 원하는 사람은 세상에 없는 것이 아닐까.

그런 날이 있다. 내가 정말로 마음에 들지 않는 날, 나를 주체할 수 없는 날, 그래서 차라리 내가 이 세상에 태어나지 않았으면 훨씬 좋았었겠다고 생각하게 되는 날, 그리고 결국 죽어버렸음 좋겠다는 생각에 이르게 되는 날, 빌어먹을 날.

밤마다 달리는 길이었고 어두운 밤에는 차들이 잘 다니지 않는 외딴길이었다. 나는 방심하고 있었고 상대 차도 그랬을 것이다. 차의 불빛이 보였을 때 나도 모르게 눈을 감고 말았다. 나는 죽음을 생각했다.

드디어. 마침내. 결국. 오토바이가 죽어버렸다. 그리고 나는 병원에 입원했다. 간간이 케이에게 전화를 걸었지만 케이는 전화를 받지 않았다. 어차피 내가 전할 소식은 좋은 것이 아니었으므로 케이에게 연락하기 위해 애쓰지 않았다. 나는 병원의 매점에서 새로 나온 케이의 소설책을 구입해서 읽기 시작했다.

고통스러웠다. 그러나 결국 가게 될 것이다. 그러므로 망설임은 고통을 더해줄 뿐이다. 로비에 들어서면서 유리창에 비친 내 모습을 보았다. 창백하고 초췌했고 영혼이 반쯤 빠져나간 듯했다. 그녀의 모습은 어느 곳에도 보이지 않았다. 비슷하게 보이는 사람조차도 없었다. 창가 쪽 네번째 자리만이 비어 있었다. 방금까지 초조하게 누군가를 기다린 듯 빈 맥주병이 놓여 있었고 재떨이에는 아직 희미한 연기가 채 사라지지 않은 담배가 두 개비 들어 있었다. 나는 그 자리에 조금 전까지 그녀가 앉아 있었다는 것을 알 수 있었다. 나는 그녀가 없는 그녀의 자리에 앉아서, 그녀의 입술이 닿았을 잔에 내 입술을 포개었다.

어느새 계절이 바뀌었다. 퇴원하던 날 나는 케이에게 전화를 걸었다. 케이는 여전히 전화를 받지 않았다. 택시를 잡아타고 케이의 작업실로 향했다. 케이의 작업실은 문이 닫혀 있었다. 창마다 블라인드가 쳐져 있어 안이 보이지 않았다. 나는 케이의 이름을 불렀다. 문을 두드리며 케이를 찾았다. 그러나 암흑 속에서 케이는 굳게 침묵하고 있었다.

집으로 돌아온 나는 우편함에서 그들의 초대장을 발견했다.

'사랑하다'의 어원은 '생각하다'이다. 이제는 그 사람을 사랑하지 않는가? 어쩌면 그 사람을 만날 수 있었던 시간보다 만날 수 없게 되어버린 지금이 더 간절하지 않은가? 유혹으로 만연한 삶에서 사랑은 구원이며 또한 함정이다. 당신이 지금 기억하고 있는 것들은 사실과 매우 다르며 가치도 없다. 기억에 관해 균형감각을 갖기 위해서 당신에게는 특별한 방법이 필요하다. 지금부터 시작하는 건 전혀 다른 것이 될 것이다.

케이가 작업실 열쇠를 내게 준 적이 있다는 것이 기억났다. 그는 내게 열쇠를 주었지만 나는 그 열쇠를 사용해본 적이 없었다. 언제나 케이가 기다리고 맞아주었다. 어디 두었던가? 어디서 보았던가? 나는 온 집 안을 정신없이 뒤졌다.

열쇠는 어머니의 보석함 안에 있었다. 분명 내가 넣어두었을 텐데도 그런 기억이 없을뿐더러 어머니의 보석함을 마지막으로 열어보았을 때도 열쇠를 본 기억은 없었다. 하늘은 새벽을 향해 오렌지빛으로 물들어가고 있었다. 다시 케이의 작업실로 향했다. 그사이 케이가 돌아와 있길 간절히 바라면서. 그리하여 내 슬픈 예감이 기우에 불과하기를.

케이의 작업실 문은 여전히 닫혀 있었다. 열쇠를 꽂고 돌렸다. 철커덕. 문이 열렸다. 깔끔하던 작업실에는 먼지가 쌓이고 주인 없는 빈집의 냄새가 나고 있었다. 그 여자 주위를 맴돌고 있을 케이의 모습이 떠올랐다. 말리고 싶었다. 미쳤다고. 아무 소용 없는 짓이라고. 그래봤자 너만 더 비참해질 뿐이라고. 아무것도 달라지지 않는다고. 케이를 찾아야 했다. 다시는 자신을 걸지 못하도록. 그녀가 있는 곳을 알아야 했다. 그 여자가 누구인지 알아야 했다. 나는 케이의 물건들을 뒤지기 시작했다.

나는 언제나 그렇게 상상했었다. 케이가 그녀와 함께 했던 모든 것을 고스란히 간직하고 있을 거라고. 그녀에 관한 모든 것을 여전히 수집하고 있을 거라고. 하지만 어디에도 그녀의 흔적은 없었다. 케이가 했던 이야기들을 생각했다. 하지만 그 이야기조차도 누구여도 상관없는 얘기들이었다. 나는 그녀에 대해 아무것도 아는 것이 없었다. 어디 사는 무엇을 하는 어떤 여자인지. 그리고 어디 살던 무엇을 했던 어떤 여자였는지도. 그 어떤 이야기도 케이의 여자를 찾고, 그리하여 케이를 찾을 수 있는 근거가 되지 못했다.

케이의 책상 위 원고지 더미 사이에서 익숙한 검붉은 봉투를 발견했다. 그들의 초대장이었다. 날짜는 내가 병원에 입원한 날이었고 메시지는 다음과 같았다.

우리는 우리를 필요로 하는 당신이 있는 한 사라지지 않는다. 우리는 우리를 기억하는 당신이 있는 한 사라지지 않는다. 그러므로 우리의 약속은 약속이 아니라 숙명이다. 절대로 깨어지거나 바꿀 수 없는.

우리는 병에 걸렸다. 번번이 실패하면서 거듭해서 사랑에 빠지고, 한 번도 성공한 적이 없으면서 여전히 가능하다고 믿으며, 불가능하다고 이해하면서 여전히 기다린다. 우리는 실망할 뿐 절망하지 않는다. 우리는 갇혀서 눈물 흘리고 그리워하면서 서서히 죽어가고 있다. 아니, 어쩌면 이미 죽었는지도 모른다.

나는 그들의 초대장의 지시대로 인터넷에 접속했다.

경고합니다! 한번 들어오면 끝날 때까지는 나갈 수 없습니다.
다시 한번 경고합니다! 들어오시겠습니까?

나는 '예'를 클릭했다.

사랑하는 두 사람이 헤어질 때 한 사람은 가해자, 한 사람은 피해자가 되는 상황이 있다. 사랑은 일방통행이 아니기 때문이다. 아직도 여전히 당신은 피해자이다. 어떻게 할 것인가? 깨끗이 잊을 것인가? 복수할 것인가? 선택하라. 1. 복수도 아깝다. 깨끗이 잊겠다. 2. 복수하겠다. 연민 따위는 없다.

가능한 것 가운데 선택해야 한다. 복수할 것인가? 잊을 것인가? 나는 '복수하겠다'를 선택할 수밖에 없다. 이대로는 도저히 잊을 수가 없을 테니까.

제일 세련된 형태의 복수는 새 출발 하는 것이다. 그것이 생각보다 쉽지 않은 당신을 돕기 위해 우리가 있다. 당신을 떠난 그 사람에게 다양한 복수를 선물할 수 있다.

줄줄이 선물 목록이 펼쳐졌다. 처참하게 녹아내린 초콜릿, 찐득찐득 눌어붙은 사탕더미, 저주의 편지, 애교스러운 것부터 악마의 주술 같은 섬뜩한 것까지. 그러니까 실연한 사람들을 위한 쇼핑 사이트였던 것이다. 이런 선물을 받는 사람은 어떤 기분일까. 그리고 이런 선물을 고르는 사람은 무엇을 기대하는 걸까. 그럼에도 이래야 하는 이유는 과연 무엇일까.

그 사람이 지금 어디에 있는지 알지 못하는 경우, 이 주술인형이 유효합니다. 설명서에 적힌 대로 주문을 걸고 당신이 원하는 것을 말하십시오. 당신의 바람이 간절하다면 이루어질 것입니다.

나는 주술인형을 골랐다.

시작하면 절대 멈출 수 없습니다. 다시 한번 질문하겠습니다. 이 물건이 당신에게 꼭 필요한가요?

나는 '아니오'라고 대답했다. 그러자 또다른 질문이 떴다.

당신은 그 사람을 용서할 수 있나요?
당신은 그 사람을 잊을 수 있나요?
당신은 그 사람을 보낼 수 있나요?

다음날 초인종이 울려서 나가보았더니 마당에 상자 하나가 놓여 있었다. 이것이 그 주술인형? 그러나 나는 주문을 완료하지도 않았고, 돈도 지불하지 않았다. 나는 심장에 칼이 꽂힌 인형을 오랫동안 바라보았다.

"비가 내릴 것 같아."

우리는 아무 일도 없는 것처럼 이야기를 시작했다.

"커피 마실래?"

"그래, 좋아."

커피 향기가 퍼지기 시작하자 일상이 찾아오는 듯 보였다. 케이는 아주 성실한 모습으로 원래의 자리에 돌아와 있었다.

"어디 갔다 왔어?"

"……"

"어디 갔다 왔냐니까?"

내 목소리는 높아지고 갈라지고 암울했다.

"그녀에게 갔었어."

"그래서?"

"그것뿐이야."

"왜?"

"보고 싶어서."

"……"

"그녀를 보고 싶었어. 그리고 지금도 그녀가 보고 싶어."

마음 한가운데 칼 하나가 번쩍였고, 내 마음은 차가워지고 있었다. 도대체 케이에게 무슨 일이 있었던 걸까. 아니, 케이가 사라진 동안 나에게 무슨 일이 있었던 건가.

케이를 다시 만난 날은 크리스마스이브였다. 어울리지 않게도 비가 내렸고, 자정이 가까워지고 있었다. 한 달 전부터 울려퍼지기 시작한

갖가지 캐럴이 절정을 이루는 시간. 크리스마스이브에 나는 카페에서 비 오는 바깥 풍경을 물끄러미 바라보고 있었다. 그날도 나는 우산이 없었다. 지금도 그렇지만 그때는 더했다. 인생의 다음 순간을 준비하는 법이 없었던 나는 곤란한 상황에 자주 직면하곤 했다. 대부분의 경우는 주머니 속에 동전 한 푼 남아 있지 않은 것이었고, 그러고는 비 오는 날 우산이 없는 것이었다.

그날 카페에서 비를 피해 한참을 있었다. 그런 나에게 케이가 다가왔다. 우산이 없으신 모양이군요. 어디까지 가시나요? 눈이 내렸어야 했다. 그랬다면 나는 케이의 우산을 분명 거절했을 것이다.

한 사람을 잃은 것으로 끝이 아니었다. 우리는 그 사람과 함께 그보다 많은 것들을 잃어버렸고, 또 잃어가고 있었다. 이 여행은 영원히 계속될 것이며 아침은 다시 오지 않을 것이다.

누구나 우리를 만날 수 있다. 그리고 누구나 우리를 만날 수는 없다. 우리는 사랑이면서 증오이고 삶이면서 죽음이고 희망이면서 절망이고 과거이면서 현재이고 이 세상이면서 저 세상이기 때문이다. 사랑은 모든 것이거나 아무것도 아니다. 선택할 수 있다면 무엇을 선택할 것인가.

그들이 다시 초대장을 보내왔다. 나는 초대장을 잘 보이는 곳에 두었다. 그리고 와이에게 전화를 걸었다.

"엄마를 죽인 남자는 어떤 사람인가요?"

"궁금해졌나요?"

"……"

"아쉽게도 그는 당신에게 용서를 받지 못하게 되었군요. 그 남자가 죽었어요. 늦었지만 결국 자살했어요. 당신 어머니를 죽게 했던 그 방법으로. 그리고 당신에게 노트를 남겼어요. 그걸 당신에게 전해주는 임무를 내가 맡았어요."

"꼭 받아야 하나요?"

"당신이 마음을 정할 때까지 제가 가지고 있을게요."

"담배는 끊으셨어요?"

"노력하고 있어요."

"노력하니까 되던가요?"

"지금은 아니지만 언젠가는 되겠죠."

"그 언젠가가 언제인데요?"

"죽기 전에는 되지 않을까요?"

"정말 그렇게 생각하세요?"

와이는 내 질문에 대답하지 않았다.

"듣고 싶지 않겠지만 당신 어머니에 대해 한 가지만 더 이야기할게요. 당신 어머니가 병에 걸렸었더군요. 제가 알아본 바로는 당신 어머니는 그때 죽지 않았다고 해도 몇 개월 살지 못했을 거고 게다가 죽음보다 더한 고통을 겪었을 거라고 하더군요."

"정말 하고 싶은 이야기가 뭔가요?"

"그 남자가 어머니의 스토커가 아니라 애인일 가능성은 없나요?"

"그걸 제가 어떻게 알 수 있겠어요?"

"당신이 아니면 누가 알 수 있나요?"

"……"

엄마의 살해 현장에 제일 먼저 도착한 사람은 새아버지였다. 그 남자를 스토커로 몰고 간 건 새아버지의 진술이었고 권력이었다. 최후의 순간 선택받지 못한 자는 그렇게 복수에 성공했을까.

그와 헤어진 직후 나는 그를 저주했다. 나 없이도 행복한 그가 이 세상 사람이란 것을 인정할 수 없었다. 차라리 그가 죽기를 바랐다. 그 증오는 격렬했지만 영원하지는 않았다. 그가 나를 잊지 못해 찾아왔던 날 나는 말했다. 너 따위 잊은 지 오래라고. 그는 슬픈 표정을 지었다. 그때 나는 알았다. 궁극의 저주는 잊혀지는 것이라는 걸.

나는 커피를 끓이고 있다. 커피 병은 마켓에서 파는 백칠십오 그램짜리였고 커피는 삼분의 일 정도가 남아 있다. 병뚜껑을 열었을 때 인스턴트 특유의 쌉싸름하고 진한 향기가 빠져나간 것으로 보아 적어도 개봉한 지 일 년 이상 된 것이다. 일 년 동안 백칠십오 그램짜리 인스턴트커피 한 병도 소화하지 못하는 삶에 대해 나는 잠깐 상상했다. 커피 두 스푼에 뜨거운 물을 붓고 한 방향으로 저었다. 가장 손쉬운 방법으로 만들 수 있는 커피가 완성되었다. 새벽 네시이다. 수요일 새벽 네시에 커피를 끓이는 사람이 많은지는 모르겠다. 하지만 나에게는 그런 종류의 일이 특별하지 않다.

나는 신문을 펴고 오늘의 운세부터 찾아 읽기 시작했다. 그리고 오늘의 날씨라든가, 오늘의 소사 등도 보았다. 그다지 관심은 없었지만 어쩌다 그런 식으로 주워 읽은 이야기들을 그날 오후에 만난 어떤 사람에게 해주기도 할 것이다. 메릴린 먼로 알아? 오늘이 메릴린 먼로

가 죽은 지 오십 년째 되는 날이야. 내가 무심한 표정으로 그런 말을 하면 상대방은 곤란한 표정을 지으면서 자신의 목을 쓰다듬을 것이다. 때때로 나는 어제의 소사를 오늘의 소사로 착각하는 일이 있긴 하겠지만, 그걸 지적하는 사람은 그리 많지 않을 것이다. 어차피 지나간 과거의 일이기 때문일지도 모른다.

새벽 다섯시, 떠나야 할 시간이 되었다. 나는 식은 커피를 싱크대에 붓고 커피잔을 쓰레기통에 던져넣었다. 나는 남들이 일생을 마셔도 다 못 마실 만큼의 커피를 이미 마셨다.

소설
小設
小雪

小說

남자는 책을 읽고 있었다. 이번 출장은 좌석이 비즈니스 클래스로 무료로 업그레이드된 덕분에 나았지만 짧게는 두 시간, 길게는 열 시간이 넘는 비행시간은 지옥 같았다. 처음에는 영화도 보고 신문도 보고 잡지도 보고 음악도 듣고 잠도 자고 일도 했다. 그래도 착륙까지는 시간이 까마득하게 남아 있기 일쑤였다. 어느 날 공항 서점에서 책을 한 권 사서 비행기에서 읽었다. 소설이 끝나갈 무렵 비행기는 착륙했고 남자는 그날 밤 호텔에서 나머지를 읽었다. 그렇게 남자는 비행기를 탈 때마다 책을 읽게 되었다.

여자는 영화를 보고 있었다. 할리우드 오락영화였다. 여자는 떠나는 비행기에서도 영화를 보았었다. 그 영화는 지금 보고 있는 영화의 전편이었지만 그 때문에 속편을 본 것은 아니었다. 속편은 전편보다 재밌지 않았고 아무래도 삼 편은 나오지 않을 것 같았다. 여자는 항상 비행기에서 아무 생각 없이 시간이 가길 바라면서 영화를 봤다.

영화가 끝나자 여자는 시간을 확인했다. 도착할 때가 되지 않았을까. 여자는 좁고 작은 창밖을 보았다. 하늘은 어두웠고 아무것도 보이지 않았다. 그때 기장이 방송을 했다. 눈이 내려서 비행기가 착륙을 하지 못하고 선회하고 있다고, 경우에 따라선 도착 예정이 아닌 다른 공항으로 가게 될 것이라고 했다. 남자는 책을 내려놓았다. 비행기 안이 조금씩 소란스러워지고 있었다.

여자는 오늘 반드시 집으로 돌아가야 할 이유가 없었다. 여자의 세상에서 반드시 해야 할 건 아주 많거나 아무것도 없었다. 남자는 오늘 집으로 돌아가 내일 아침이면 출근을 해야 했다. 내일 출근하지 못한다면 곤란한 일이 생길 것이다. 하지만 남자보다 더 곤란해질 사람은 팀장이었다. 그러자 남자는 어찌 되든 상관없다는 생각이 들었다. 남자는 스튜어디스에게 위스키를 더 마실 수 있느냐고 물었다. 그리고 다시 책을 읽었다.

여자는 더이상 할 일이 없었다. 영화도 끝나버렸고, 비행기가 어디든 자신을 내려놓길 기다리는 것밖에. 좌석에 기대어 앞을 바라보았다. 통로를 가로질러 책이 한 권 보였다. 정확히는 어떤 남자의 손과 그 손에 들려진 책이.

비행기가 예정된 곳이 아닌 다른 공항에 착륙했다. 일 년에 한 번 정도 비행기를 타는 여자에게 이런 일은 처음이었다. 이곳에도 눈이 내리고 있었지만 그들이 원래 도착해야 했던 곳만큼은 아니라고 했다. 비행기가 착륙해서 공항을 서서히 돌고 있었다. 창밖으로 눈이 조금씩 내리고 있을 뿐이었다. 한 달에 한 번 이상 해외 출장을 가는 남자에게 비행기가 결항되는 일은 종종 있었지만 회항은 처음이었다. 남자는 생각했다. 운이 나쁘면 공항에서 몇 시간이고 기다리게 되겠지. 책이 더 필요했을까. 하지만 남자에게는 아직 남은 페이지들이 있었다.

사람들은 게이트를 빠져나오자 휴대폰을 들고 통화를 시작했다. 거기 정말 눈이 와? 여긴 눈도 조금밖에 안 오는데 비행기가 회항을 했어, 라는 이야기로 시작해서 무수한 이야기가 계속될 것이었다. 하지만 어느 것 하나 드라마틱할 것 없는 일상이었다. 그들은 모두 하늘에서 내려와 이미 지상에 발을 딛고 있었다. 이곳이 비록 그들이 예상했거나 이미 익숙한 곳이 아니라 할지라도 다를 게 없었다.

여자는 전화할 데가 없었다. 기다리는 사람도 없었고, 심지어 여자가 여행을 갔다는 것을 아는 사람도 없었다. 그러므로 지금 누군가에게 전화를 건다면 여행을 떠난 이야기부터 시작해야 할 것이다. 단편소설 분량의 이야기는 되겠지만 흥미로울 것 같지는 않았다. 무엇보다 여자 자신이 그랬다. 남자는 전화할 곳이 있었다. 우선 팀장. 팀장과 통화하기 시작하면 일 이야기를 계속하게 될 게 뻔했으며 휴대폰은 쉴새없이 울리게 될 것이다. 남자는 그 시간을 조금이라도 늦추고 싶었다.

항공사는 승객들에게 공항에서 대기해줄 것을 부탁했다. 활주로 제설작업을 하고 있으며 미끄럼 측정을 한 뒤 운항 재개 여부를 판단할 예정이라고 했다. 눈이 계속 내리고 있어 결항과 지연이 당분간 계속될 것 같았다. 여자는 영원히 돌아가지 못해도 상관없을 것 같았다.

그리고 이곳에서 일어날지 모를 일들을 생각했다. 순백색의 눈 가운데 새까만 호기심의 눈동자가 반짝거렸다. 오늘밤 여기서 무슨 일이 일어날지도 모른다. 여자가 바라는 건 자신에게 무슨 일이 일어나는 것일까, 다른 사람에게 무슨 일이 일어나는 것일까.

여자는 비행기에서 보았던, 책을 읽던 남자를 보았다. 남자는 창가 자리 쪽에 앉아 있었다. 당황해서 짜증을 내거나 체념해서 늘어진 사람들과는 다르게 남자는 차분해 보였다. 남자는 책을 읽었고, 여자는 남자를 읽었다.

책을 다 읽은 남자는 기지개를 켠 후 일어났다. 항공사 측에서는 아직 특별한 조치를 취하지 않고 있었다. 비행기가 다시 뜰 수 있을지, 아니면 다른 방법이 있을지 알 수 없었다. 눈이 점점 더 많이 오고 있었다. 이런 기세로 눈이 내린다면 내일 출근길은 지옥이 될 것이다. 남자가 할 수 있는 일은 아무것도 없었고 해야 할 일은 많았다. 하지만 여기 이곳에서 아직은 자유였다.

남자가 손을 뻗어 위스키 병을 잡는 순간 동시에 여자가 손을 뻗는 바람에 손이 부딪쳤다. 남자가 먼저 하라는 표시로 손을 내밀었고 여자는 괜찮다고 손을 저었다. 남자는 다시 괜찮다는 표시로 뒤로 살짝 물러섰다. 남자와 여자는 잔을 들고 서로에게 미소를 지었다. 남자는 다시 자리로 와 앉았다. 여자의 자리는 남자와 두 좌석 정도 떨어져 있었지만 사이가 모두 비어 있었다. 두 사람은 창밖을 바라보면서 위스키를 마셨다. 남자의 잔이 비었다. 남자는 일어나면서 여자 쪽을 보았다. 여자는 마지막 모금을 마시고 잔을 내려놓는 참이었다.

—한잔 더 하실 건가요?

남자가 물었다. 여자가 고개를 끄덕였다. 남자는 두 잔의 위스키를 가지고 자리로 와서 한 잔을 여자에게 건네고 자기 자리에 앉아 다시 위스키를 마셨다. 남자의 잔이 또 비었다. 그리고 이번에는 여자가 남자에게 위스키를 건네며 남자의 옆자리에 앉았다. 눈 내리는 어두운 창으로 라운지의 모습이 거울처럼 비쳤다. 사람들은 저마다의 방법으로 시간을 견디고 있었다.

—소설 읽으시던데……

여자가 말했다. 날씨 이야기로 시작해서 피상적인 몇 가지 이야기가 두서없이 오고 가던 와중이었다.

—아, 네.

남자는 생각했다. 뭘 더 말해야 하는 건가. 여자는 남자를 계속 보고 있었다. 남자는 소설에 대해 이야기해본 적이 없었다. 남자가 사람들과 나누는 이런 종류의 이야기는 대개 주말 버라이어티쇼나 인기 있는 드라마, 박스오피스 일 위 영화에 대한 것이었다. 남자는 그 대부분을 제대로 본 적이 없었지만 정보가 난무하는 까닭에 이야기에 슬쩍 끼는 정도는 어려운 일이 아니었다.

—좋아하는 소설가예요.

남자는 일단 그렇게 대답했다.

—어떤 점에서요?

여자는 집요했다.

—읽어보시면 아실 거예요.

여자는 남자가 자신이 그 소설을 읽지 않았을 거라고 지레짐작하고 있음을 알았다. 세상에는 『읽지 않은 책에 대해 말하는 법』이란 책도 있다지만 책을 읽은 사람이 책을 읽지 않은 사람과 대화하기란 어렵다. 그건 대화가 아니라 연설이 되기 십상이다.

—사실은 그 소설가 제가 아는 사람이에요.

—그래요? 그럼 이 소설을 읽었겠네요.

—뭐 그렇다고 할 수도 있죠. 어떤 면에서는 그 책 저 때문에 이 세상에 있다고 할 수 있어요……

남자는 여자가 무슨 이야기를 하는 건가 하고 생각했다. 소설을 읽으면서 꼭 자기 이야기인 것 같다고 말하는 사람들이 있다는 걸 남자도 알고 있었다. 하지만 여자 이야기는 그게 아니었다. 이 소설이 그럼 이 여자의 이야기인가. 내가 지금 소설의 진짜 주인공을 만나고 있는 건가. 하지만 그것도 아니었다.

—고스트라이터란 얘기신가요?

남자가 말했다. 여자가 그 소설의 많은 부분을 자기가 썼다고 했기 때문이다.

—아니요. 고스트라이터랑은 다른 거예요.

여자는 소설가가 시키는 대로 쓴다고 했다. 소설가가 이런저런 생각과 두서없는 문장이 적힌 메모들을 주고 지시를 하면 그대로 쓴다고 했다.

—영화를 감독의 예술이라고 하죠. 어떤 관객들에게는 배우의 것이기도 하겠죠. 하지만 그 영화를 찍기 위해 정말 많은 사람들이 참여한다죠. 이를테면 소설가는 감독이고 주연배우예요. 그 나머지 것들은 내가 다 하는 거예요.

남자는 회사의 주요 프로젝트의 실무를 담당하고 있다. 하지만 그

프로젝트의 책임자는 팀장이다. 팀장은 결재만 할 뿐이다. 그런데도 성공은 늘 팀장의 몫이었다. 한 달에 두세 번을 몇 시간씩 비행기를 타게 만드는 이 프로젝트도 팀장의 공이 될 것이다.

—소설가가 사라졌으면 좋겠어요.

—그러면 당신은 어떻게 되는데요?

—소설가가 없으면 나는 아무것도 아니겠죠. 하지만 더는 이렇게 못 살겠어요. 소설가가 죽어버렸으면 좋겠어요. 그러면 나는 자유니까요.

남자는 자신을 출장 보낸 팀장을 생각했다. 팀장은 자신에게는 아이와 아내가 있으니 독신인 남자가 가는 것이 당연하다고 했다. 그러면서 남자에게 늘 결혼하지 말라고 말했다. 특별히 결혼이 간절한 사람은 아니지만 팀장이 그럴 때마다 반드시 결혼해야겠다는 생각이 들 정도였다. 단지 혼자인 네가 가는 게 당연하지, 라는 이야기가 듣기 싫어서라도.

—무슨 대가를 치르더라도 그 자유를 얻고 싶으신 건가요?

—네, 어떤 때는 정말 죽여버리고 싶다니까요.

—소설가가 죽으면 당신이 제일 먼저 의심받지 않을까요?

—아니요.

여자는 단호했다. 그럼에도 불구하고 죽이고 싶다는 뜻일까? 아니면 들키지 않을 수 있다는 뜻일까?

—소설가에게 나란 존재가 있다는 걸 아는 사람이 아무도 없어요.

여자는 남자의 소설책의 페이지를 뒤에서부터 넘기더니 「작가의 말」을 가리켰다. 도와준 사람들에게 감사한다는 이야기가 쓰여 있었다.

—이렇게 많은 사람들에게 감사하다면서 내 이름은 없어요. 이니셜조차도요. 나는 책상에 앉아 소설가가 던진 메모 조각들과 의미심장한 문장과 혼란스러운 구조 사이를 헤매느라 아무것도 못 하는데. 소설가한테 나는 정말 아무것도 아닌 거예요.

여자는 정말 억울해 보였다. 얼굴은 상기되었고 억울함에 금방 눈물이라도 터뜨릴 것 같았다. 남자는 여자의 흥분을 가라앉히려고 이것저것 묻기 시작했다. 남자는 소설가의 수입이 생각보다 적다는 데 놀랐다. 남자의 연봉과 비슷한 정도였다. 여자는 그런 소설가에게서 얼마를 받을 수 있을까. 돈 때문일지도 모른다는 생각이 들었다.

—내가 같은 소설을 몇 번씩 보는 줄 알아요? 당신이 처음 읽은 그 소설책의 경우 크게는 열 번 정도 고쳐 썼을 거예요. 그러느라고 백 번은 읽었을 거예요. 소설가가 그 소설을 위해 처음 쓴 문장 같은 건 수천 번 수만 번은 읽었을 거예요.

남자는 그 소설을 수없이 읽고 고쳤다는 여자의 말을 믿을 수 있을 것도 같았다. 여자는 조금 전에 책을 읽은 남자보다도 훨씬 생생하게 모든 것을 알고 있었다. 소설 한 편이 뇌에 새겨진 것 같았다.

—제일 지독한 게 뭔 줄 아세요?

남자는 가만히 있었다. 어차피 알 수도 없었지만 여자가 남자의 대답을 원하는 것 같지도 않았다.

—모르겠대요. 더이상은 어떻게 해야 할지. 도대체 나더러 어떡하라는 거예요. 그럴 때는 정말 죽어버리고 싶다니까요.

여자는 지금 처음으로 고백을 하고 있는 것일지도 모른다. 소설가의 입장에서 보면 여자는 세상에 절대 알려져서는 안 되는 존재였다. 남자는 너무 흥분한 여자를 진정시키고 싶었지만 방법이 없었다. 소설가를 죽이는 것밖에는.

—저는 죽음을 직업으로 하고 있습니다.

물론 남자의 말은 농담이었다. 남자는 여자가 웃으면서 호흡이라도 가다듬길 바랐다.

—그러니까 킬러?

여자는 목소리를 낮추었다. 속삭임에 가까웠다.

—비슷하지만 정확히 그건 아닙니다.

남자는 킬러가 너무 비현실적인 단어라고 생각했다. 그것보다는 현실적인 작업에 대해 설명했다. 누군가를 죽이고 타살이 아니라 자연사나 사고사로 위장하는 일을 한다고. 이런 이야기를 누가 믿을까. 사실은 믿지 않아도 상관없었다.

—저 좀 도와주세요. 더이상 이렇게 살고 싶지 않아요. 소설가가 살아 있는 한 나는 계속 써야 해요.

—왜 그래야 하죠? 그만둘 수도 있잖아요?

남자는 호텔 방에서 썼던 사표를 생각했다. 이 프로젝트를 성공시킨다고 남자의 이름이 새겨지는 것도 아니고, 영원히 기억되는 것도 아니다. 그럼에도 남자는 일할 때는 정말 일만 한다. 하지만 일중독은 아니다. 일중독이라고 하기에는 얻는 것이 너무 초라하다. 남는 것이 아무것도 없다.

—기다리는 사람들이 있어요.

여자가 말했다. 남자는 여자를 바라보았다.

—소설을 기다리는 사람들이 있어요.

남자는 그게 당신이랑 무슨 상관이냐고 순간적으로 치밀어오르는 걸 꾹 눌렀다. 당신 이름으로 책이 나오는 것도 아니고, 책에 당신이 나오는 것도 아니고, 감사하다는 말조차 듣지 못하면서. 그런데 그게 남자 자신과 무슨 상관이 있어서 이렇게 화가 나는 걸까.

—나는 알아요. 내가 첫번째 독자니까요. 어쨌든.

그렇게 말하며 여자는 남자의 소설책을 바라보았다.

그리하여 상상은 날개를 펴기 시작했다. 남자의 입에서 술술 살인 계획이 흘러나왔다. 누군가를 죽이고 무사히 살아남는 법. 때로는 알 수 없는 우울이, 때로는 정확히 누군가를 겨냥한 적의가, 때로는 그 누구라도 상관없는 분노가, 살인으로 변해 이야기가 되었다.

여자는 남자를 바라보았다. 너무 많아서 어느 것을 선택하면 좋을지 모를 아이디어들이 쏟아지는 입술을, 그리고 반짝반짝 빛나는 눈을. 이토록 눈을 반짝이며 열중하던, 열망하던 순간이 있었던가. 여자는 그때를 생각했다.

—소설가의 소설 메모 중 하나를 유서로 만들 수 있을 거예요. 문은 잠겨 있을 거고……

—밀실이 되겠군요……

남자와 여자는 호흡이 척척 맞았다. 어느새 소설가의 완벽한 죽음이 완성되어가고 있었다. 소설이나 영화에서는 완전범죄가 결국 실패로 끝나지만 세상에는 완전범죄가 있을 것이다. 알려지지 않았으니 알 수 없을 뿐. 그래서 아무도 쓸 수 없었을 뿐.

小雪

—그래서 지금 소설가가 살해됐다는 겁니까?

형사는 남자에게서 한 걸음 물러섰다.

양복을 말끔하게 차려입은 남자가 의논할 게 있다고 찾아왔다. 다른 형사들은 이미 퇴근했고, 남은 신참 하나는 밀린 보고서를 쓰고 있었다. 형사는 남자에게 무슨 일로 왔느냐고 물었다. 남자는 경찰서 어디선가 길을 잃은 게 틀림없었다. 여기는 형사과에 속하긴 했지만 종결사건을 한번 더 검토하고 미결사건을 점검하고 업데이트하는 팀이었다. 주로 건강이 좋지 않거나 안정이 필요한 형사들이 근무했다. 일종의 안식년에 가까웠다. 강력계에 오래 몸담은 형사는 이 팀의 팀장이었다.

—그러니까 지금 무슨 이야기를 하고 있는 줄 알기는 하는 겁니까?

형사는 남자에게 한 걸음 다가갔다.

—네, 소설가는 자살이 아니라 살해당했을지도 모릅니다.

남자가 소설가의 부고 기사를 본 것은 한 달 전이었다. 소설가의 죽음은 인터넷 포털사이트 뉴스 메인을 한차례 차지하고 내려갈 만큼의 화제였을 뿐이었다. 그리고 그 한차례의 순간 잠시 한가했던 남자는 그 기사를 보았다. 소설가의 다음 소설을 읽게 될 때까지 남자가 소설가에게 관심을 가질 일은 없었을 것이다. 그의 소설은 메인을 한차례 차지하는 일도 없을 테지만, 소설가가 죽어 다음 소설이라는 것 자체가 없어졌으니 그 죽음을 아는 것은 아주아주 오랜 후의 일이거나 남자가 죽을 때까지 일어나지 않을 일이 될 수도 있었다. 어쨌든 남자는 소설가의 죽음을 알게 되었고 고민 끝에 여기까지 오게 되었다.

—당신의 기획대로 소설가가 살해당했다면 당신도 죄가 있다는 건 알고 있습니까?

—진짜 그럴 줄은 몰랐습니다. 그러니까 나는 그냥, 심심해서……

—재미로 사람을 죽일 생각을 해요?

—죽일 생각을 한 게 아니라 죽이는 이야기를 했을 뿐이에요.

—그게 무슨 차이가 있습니까? 당신 말대로라면 당신은 사람 죽이는 소설이나 영화에 대해 이야기를 한 게 아니잖아요? 실제로 살아 있는 사람을 죽이는 것에 대해 이야기한 거잖아요.

—저는 정말 꿈에도 실제로 그런 일이 일어날 거라고 생각 안 했습니다. 그리고 내가 말한 살인기획 같은 건 온전히 내 것도 아닙니다. 내가 소설에서 본 것들을 이야기한 것뿐입니다.

—그런 살인기획이 어느 소설에 나옵니까?

—똑같은 건 아니지만 모티프는……

형사는 남자가 이야기하는 소설을 하나도 알지 못했다. 사실 형사는 지금 둘 사이의 대화의 주인공인 소설가조차도 알지 못했다. 종결사건으로 파일 처리 되었다면 팀장인 자신이 확인했을 것이다. 그런데도 특별한 인상이 남지 않았다는 건 의심의 여지가 없었다는 뜻이다. 어쩌면 아직 처리되지 못하고 지금 신참이 쓰고 있는 저 보고서들 가운데 있을지도 모른다.

—전부 내가 기획한 것도 아니에요. 디테일은 다 그 여자가 했습니다.

—그러니까 당신이 죽인 것도 아니고, 당신이 죽이라고 한 것도 아

니고. 그런데 왜 여기 온 겁니까?

—소설가가 정말 살해당했다면 어떡합니까?

—지금 진실이 알고 싶다는 겁니까?

은퇴가 고작 일 년 남은 형사에게 자수하는 살인자가 처음일 리 없었다. 그런데 남자는 좀 달랐다. 남자는 지금 자수를 하고 있는 것도 아니었다. 그렇다고 실수였다고 말하고 있는 것도 아니었다. 정말 남자는 왜 온 것일까. 혹 자신의 이야기가 실현되었는지 궁금한 것은 아닐까. 그 호기심은 어느 정도일까.

—소설가가 살해당했다 치고, 범인인 여자는 어떻게 잡으면 되는 겁니까? 당신 말대로라면 소설가 말고는 아무도 그 여자의 존재를 모르고, 소설가는 죽었으니 말입니다.

—지금 제 이야기를 믿지 못하시는 겁니까?

형사는 생각했다. 살인을 기획한다는 당신 이야기를 믿고 살인을 한 여자가 있다는 걸 어떻게 믿으라고. 하지만 남자의 살인기획이 완전범죄에 가깝다는 건 인정할 만했다. 기획자가 제 발로 걸어와 자수하지만 않는다면 말이다.

—살인자를 잡을 수 있도록 도울 수 있는 사람이 당신밖에 없습니다. 그건 알고 계시죠?

형사는 남자가 어떻게 나올지 궁금했다. 남자는 이미 여자의 이름도 나이도 연락처도 모른다고 이야기했다. 그런 여자를 무슨 수로 찾아서 살인을 추궁할 것인가. 자살로 알려진 사건을 다시 파볼 근거가 없었다.

—첫눈이 오는 날 여자를 만나기로 했습니다. 그러니까 내 말이 진

짜라는 걸 증명할 수도 있습니다.

남자는 자신이 무슨 짓을 하고 있는지 몰랐다. 그때 어쩌다 대화가 열기를 띠고 두 사람은 순식간에 가까워졌지만 이미 해버린 거짓말을 당장 거짓이라고 고백할 수는 없었다. 일 년 후쯤이면 웃으면서 이야기할 수 있을지도 모른다고 생각했다. 이 모든 거짓말을, 그리고 그 가운데 남은 진심을. 남자가 충동적으로 첫눈 오는 날 만나자고 얘기했을 때, 여자는 망설이지 않고 그러자고 했다. 그때 남자는 일 년 후에 여자를 만나는 순간을 그림처럼 그려볼 수 있었다. 그때는 그랬는데 지금 여기서 무얼 하고 있는 것인가. 남자는 자신이 무슨 짓을 하고 있는지 알았다.

—저 남자가 말한 소설가 알아?

형사가 어둠 속으로 걸어나가는 남자를 보면서 신참에게 물었다.

—네.

—나보다 낫구나.

—신문에 가끔 나더라구요.

—그럼 소설은 안 읽어봤고?

—요즘 건 모르죠. 형사가 소설 읽을 시간이 어디 있어요?

형사는 생각했다. 얼마 전 신문에 유명 인사들이 읽는 책 목록이 났었다. 그 유명 인사들이 읽는 책 목록에 소설은 딱 한 권뿐이었다. 중요한 일을 하는 유명한 사람들은 소설을 읽지 않았다. 그리고 유명 인사에 소설가는 한 명도 포함되지 않았다. 형사는 은퇴하면 소설을 읽게 될지도 모른다. 아내도 자식도 없는 집에서 혼자. 어쩐지 어울릴 것 같았다.

—보고서 쓸까요?

신참이 물었다.

—우리 일도 아닌데 무슨 보고서? 그리고, 보면 몰라. 미친 거야.

—그렇게 보이지는 않던데요. 미친 사람처럼 보이지는 않았잖아요.

—스트레스가 쌓여서 미칠 거 같은 거 아니겠어.

—그런데 왜 다 듣고 계셨어요?

—오늘 더이상 할 일도 없었잖아. 그만 나가자.

—저는 보고서 쓸 게 남았는데요.

—오늘 안 쓴다고 죽냐?

—팀장님이 죽인다면서요.

—안 죽일게. 그만 나가서 소주나 한잔씩 하고 집에 들어가 자자니까. 날도 추운데. 눈 온다는 얘기는 없었어? 눈 오면 우리 바빠진다.

—왜요?

—아까 그 남자가 살인자를 잡아서 데려올 거잖아.

—진짜요?

—그럴 리가 있어? 스트레스로 미쳐 또 찾아오지나 말았으면 좋겠다. 킬러, 살인기획, 진짜 소설 쓰는 줄 알았네.

형사와 신참은 소주를 한 병 더 시켰다. 한잔씩만 하자던 말은 간단히 마시자는 얘기였지만 어쩐지 간단히 끝나지는 않을 것 같았다. 이 팀으로 소속이 결정되었을 때 신참은 팀장을 조심하라는 경고를 받았다. 강력계를 두루 거친 후 은퇴를 앞두고 한직에 배속된 팀장이 매우 날카로울 것이라고 했으나 사실 그동안 겪어본 팀장은 그렇지도 않았다. 일의 성격에 따라 사람도 바뀌는 건가. 경찰로서의 특별한 사명이나 운명은 단 한 번도 느껴본 적 없이 나쁘지 않은 직업이라는 이유로 경찰학교를 거쳐 경찰이 된 자신과 형사가 될 운명이었다고 자타가 공인하는 팀장은 어떻게 다른 걸까. 이렇게 마주앉아 소주잔을 기울이고 있으면 세대차 외에는 느낄 수 없었다.

—두 사람 잤을까, 안 잤을까?

형사가 신참에게 물었다. 뜬금없는 이야기였지만 아까 찾아온 남자를 말하는 것이라는 걸 신참은 알았다. 팀장은 아까부터 수첩을 만지작거리고 있었다. 그 수첩은 팀장이 수사를 할 때 쓰는 것으로 그들 사이에서는 아주 유명했다. 거기에 사건의 모든 것이 적혀 있지만 팀장 본인 외에는 완전한 해석이 불가능하다는 전설이 있었다. 팀장은 오랫동안 그 수첩에 쓸 만한 것이 없었을 것이다.

—그런 이야기는 없었잖아요.

미치기 일보 직전의 남자라고 딱 잘라 말할 때는 언제고, 팀장은 여전히 그 남자를 놓지 못하고 있었다.

—아니면 뭐하러 만날 약속을 해?

—그런가요?

—게다가 뭘 믿고 비밀을 털어놔?

—무슨 비밀요?

—사람 죽이고 싶다는 이야기 말이야.

—눈 속에 갇혀서 오도 가도 못하고 심심하고 무료하니까 그럴 수도 있죠.

—그렇다고 사람 이렇게 죽이고 저렇게 죽이는 이야기를 해?

—그럴 수도 있죠. 그런 놈들 있잖아요.

—우리 말이냐?

—네?

—우리도 그런 이야기 하잖아.

—우린 그게 일이잖아요. 그리고 우리는 일어난 일만 이야기하잖아요.

—그럼 우리 앞으로 일어날 일 이야기해볼까? 두 사람 만날 수 있을까, 없을까?

첫눈에 사랑에 빠지는 것은 세상의 수많은 이야기에 등장한다. 하지만 신참은 팀장한테 그런 이야기를 듣는 게 낯설었다. 팀장은 말했다. 정말 소설가가 여자에게 살해당했다 치고, 남자가 첫눈 오는 날 여자를 만난다면 다시 경찰서로 오지는 않을 것이다. 살인을 하고도 위험을 무릅쓰고 남자를 만난다는 건, 여자가 남자를 믿고 사랑하고 있다는 이야기이니까. 둘이 어디 멀리 가서 잘 살기를 바란다. 팀장은 형사답지 않게 이 완전범죄 이야기를 지지하고 있었다. 그러므로 결론적으로 팀장은 남자의 이야기를 믿지 않는 것이라고 신참은 생각했다.

세상에는 가짜라서 믿는 이야기와 진짜라서 믿을 수 없는 이야기가 있다. 전자는 소설이고 후자는 사건이다. 신참은 사건에 대한 보고서를 읽고 쓰는 일을 한다. 보고서를 읽다가 조용해서 고개를 들어보니 팀장은 수첩을 들여다보고 있다. 며칠 전 첫눈이 왔다.

—팀장님, 제가 그 남자 만나봐도 됩니까?

—왜?

—죽이고 싶다는 생각까지는 죄가 아니죠. 하지만 그걸 실행하면 죄가 되죠. 어떤 사람은 그 생각만으로도 죄책감을 느끼고 어떤 사람은 살인을 하고도 아무렇지도 않죠. 그 차이는 어디서 오는 걸까요?

—너도 슬슬 여길 떠나고 싶은 모양이지. 연습한다 생각하고 해봐. 그럼 난 나간다. 그리고 이번 건 개인적으로 나한테 보고해라.

팀장은 수첩에 뭔가를 쓰더니 한 페이지를 쭉 찢어서 신참에게 건네며 말했다.

—보고서 쓰라는 말씀입니까?

—너는 왜 그렇게 쓰는 걸 좋아하니? 쓰지 말고 해보라고, 직접.

신참은 팀장이 건네준 메모를 보았다. 일단 남자의 연락처. 그리고 두서없으나 핵심적인 무언가. 알아볼 수 있는 것도 있고 짐작해야 하는 것들도 있었다. 신참은 길게 심호흡을 했다.

—여자를 만났습니까?

신참이 남자에게 물었다.

—아니요.

—여자를 만나면 정말 경찰서로 데리고 올 생각이었습니까?

—저도 잘 모르겠습니다.

남자는 처음 만났을 때보다 지쳐 보였다. 처음 만났을 때의 남자가 일종의 흥분상태였다면 지금의 남자는 무기력상태였다.

—그날 그 비행기에 소설가가 타고 있었습니다.

팀장의 메모에 따라 신참은 탑승객 명단을 확보했고, 거기서 뜻밖의 이름을 발견했다. 자살한 소설가였다.

—당신이 만났던 여자가 누군지는 모르겠지만, 아니 당신이 정말 누군가를 만나긴 만났는지 어쨌는지조차도 모르겠지만, 그날 그 비행기에 자살한 소설가가 타고 있었다는 이야기를 하는 겁니다.

모든 의욕을 상실한 듯했던 남자의 눈이 갑자기 커졌다.

—소설가 얼굴을 볼 수 있는 방법이 없을까요?

—소설가 얼굴은 책에 나와 있잖아요.

—그렇긴 하지만 그 사진은 언제 찍은 건지도 모르겠고, 흑백에 옆 모습이고 고개까지 숙이고 있어서……

—기억이라도 날 것 같아서 그러는 겁니까? 지금 그 얼굴을 알아본다고 뭐가 달라집니까?

인터뷰를 하지 않고 사진도 한 장만 쓰는 소설가의 최근 사진을 경찰이 갖고 있긴 했다. 사건 현장 사진과 부검을 위해 찍은 사진이었다. 물론 그런 걸 외부인에게 보여주면 안 되지만 신참은 허락되지 않은 일을 하기로 했다. 남자가 어떻게 나올지 궁금했던 것이다.

—괜찮으세요?

소설가의 죽음을 보던 남자의 얼굴이 캄캄해졌다. 신참은 생각했다. 역시나. 킬러고 살인이 어째. 시체 얼굴 사진 하나 보고도 표정이, 딱 죽겠는걸.

—그러게 왜……

—이 여자가 그 여자예요. 소설가가, 내가 첫눈 오는 날 만나기로 한 그 여자예요.

남자가 말했다. 물론, 신참은 믿을 수 없었다.

小說 小雪

소설가의 마지막 소설이 출간되었다. 소설 원고 파일이 담긴 이메일이 출판사에 도착한 것은 소설가가 죽은 지 사흘 뒤였다. 예약 메일이었다. 소설가는 이메일에서 첫눈 오는 날 소설이 세상에 나왔으면 좋겠지만 현실적으로 어렵기도 하고 온 세상에 동시에 첫눈이 오는 것이 아니므로 첫눈이 온다고 전해지는 절기인 소설에 출간했으면 좋겠다고 했다. 소설은 베스트셀러가 될 조짐을 보이고 있었다. 성실하고 치밀한 작품세계, 추리소설 기법의 도입, 작가 그 자신의 죽음을 그린 도발적인 내용. 기사와 광고의 문안은 '이것이 진짜 유서이다'였다.

"앤 페레그린은 청소를 하듯 자살도 치밀하고 용의주도하게 한다." 실비아 플라스의 일기에서 인용한 문장이 책의 첫 페이지였다. 그리고 책의 마지막, 작가의 말은 단 한 줄이었다. "K에게 고마움을 전한다." 남자의 이름은 K로 시작했다. 그리고 소설가의 이름도 마찬가지였다.

파라다이스 아일랜드

*

내가 재인 K 41을 만난 것은 11월 11일이었다.

—반가워요. 재인이에요.

기다리고 있던 그가 먼저 인사를 건넸다. 나는 명함을 건넨 뒤 바로 용건을 말했다.

—익명의 기록으로 남으실 건가요?

—아직 생각중이에요.

나는 고개를 끄덕였다. 나를 처음 만난 사람들은 대개 아직 생각중이다. 삶과 죽음은 쉽게 결정할 수 있는 문제가 아닐 것이다. 아무리 다시 시작할 수 있다고 해도.

그는 살아오면서 겪은 갖가지 사건들을 나에게 들려주었다. 아, 네. 그러셨구나. 그렇죠. 그럼요. 네, 그럴 거 같아요. 그런 거죠. 나는 고개를 끄덕이며 이야기의 진행에 방해가 되지 않을 만큼만 호응을 하면서 그의 이야기를 들었다. 첫날 그가 하는 이야기가 중요하다. 그것들은 대개 그의 이번 인생에서 가장 평범하면서도 즐거웠던 순간들이다. 익명으로 기록된다면 다음 생의 설계에서 바탕색으로 들어갈 요소들이다.

—그 가운데 가장 중요한 건 뭔가요?

—잘 모르겠어요.

나는 당연하다는 듯 미소를 지었다.

—알아서 해주세요.

—네, 그럴게요.

그렇게 말하긴 했지만 지금 내가 결정할 요소는 아니다. 우리는 이번 생의 마지막을 위해 처음 만났고 그가 원하는 한 시간은 아직 얼마든지 있으니까.

—피곤하시죠?

그가 내 안색을 살피며 물었다.

—아니요, 괜찮아요.

—제가 너무 시간을 끌고 있는 건 아닌가요?

—아니요, 시간은 아무래도 상관없어요. 아시겠지만 이건 아주 중요한 일이고, 무엇보다 아쉬움을 남겨서는 안 되는 일이죠.

그는 각오한 듯 고개를 끄덕인다. 이런 일이 그에게 처음이 아니다. 그리고 나에게도 처음이 아니다. 하지만 늘 처음인 것처럼 한다. 그는 아무것도 기억하지 못하기 때문에, 나는 모두 기억하기 때문에. 그가 어떤 식으로 인생을 끝내든 나는 결국 이 이야기 가운데 취사선택해서 한 장의 필름으로 남겨야 한다.

나는 이 일을 위해 태어난 것일지도 모른다. 완전한 인간들의 인생을 필름으로 남기는 일. 완전한 인간들은 원하면 언제든지 삶을 끝내고 다시 시작할 수 있다. 일련번호로 기록되면서 다시 삶을 시작할 것인지, 재인 K 41로 죽으면서 마지막으로 기록될 것인지 아직 결정 못한 이 인간은 나의 사천삼백사십오번째 기록물이 될 것이다.

*

내 이름은 리브카 JY. 내 이름 뒤에는 알파벳이 둘이다. 그것은 하나의 알파벳을 가진 완전한 인간들과 내가 태생이 다르다는 뜻이다. 나는 의도가 아니라 우연에 의해 만들어졌다. 나는 완전한 인간들처럼 삶과 죽음을 선택할 수 없다. 그리고 또다른 것들도 선택할 수 없다. 이번 생이 나에게는 처음이다. 그리고 다음 생이 있을지 없을지 알 수 없다.

역사에 의하면 인간들이 종말을 확신한 것은 지금으로부터 약 천년 전이었다. 종말을 예측한 인간들은 살아남기 위해 철저히 준비했다. 살아남을 수 있는 인간은 극소수에 지나지 않았다. 그 극소수의 인간은 살아남기 위해서 강해져야 했고 또 살아남을 만큼 가치로워야 했다. 인위선택을 통해 인간을 품질 개량시켜서라도 어떻게든 누군가는 살아남아야 한다는 공론, 나아가 가장 유용하고 특별한 인간들이 살아야 인류가 다시 발전할 수 있다는 명제가 완전한 인간이라는 선별된 인류를 탄생시켰다.

종말의 시대는 역사 속으로 사라졌고, 이제 완전한 인간들은 인생을 선별한다. 그들은 누구도 인생이 예정 없이 계속되기를 원하지 않는다. 추측대로 움직이지 않는 인생, 절대로 일어나지 않을 것 같은 일도 일어나고 절대로 변하지 않을 것 같은 일들도 변하는 인생, 무수히 많은 예측 불가능의 변수가 숨겨져 있는 인생. 완전한 인간들은 그것을 불행이라고 부른다. 완전한 인간들은 더이상 행복해질 수 없다는 생각이 들 때 이번 인생을 끝내기로 마음먹는다. 그리고 나를 만난다. 자신의 이번 인생을 한 장의 필름으로 남기기 위해. 나는 한 장의 필름에 그들의 이번 인생을 기록한다.

나는 기록자, 작가, 화가 등등으로 불린다. 나는 다른 사람들의 삶을 지켜보고 기록하고 그린다. 죽을 때까지. 어쩌면 나는 죽어도 죽지 못할지도 모른다. 우연의 산물이기에 완전히 쓸 수 없을 때까지 관리될 것이다. 고장나는 부분들을 갈아 끼우면서 소생 불가능할 때까지 이 일을 하게 될 것이다. 그후의 일들은 나의 결정과는 무관하다. 나의 출생이 나의 결정과 무관했던 것처럼.

나는 순수한 인간인 어머니와 완전한 인간인 아버지 사이에서 태어났다. 이런 식의 결합으로는 대개 인간이 태어날 수 없다고 한다. 나는 대략 일조분의 일의 확률로 태어났고, 순수한 인간과 완전한 인간이 결합하는 확률은 사실상 아주 낮기 때문에, 나와 같은 인간은 세상에 몹시 드물다. 내가 지켜보고 기록하고 그리는 사람들은 제각기 다르겠지만 내 인생은 늘 똑같다. 운명이라고 부르는 일을 가진, 불완전한 인간은 인생을 바꿀 수 없다.

*

박물관. 이곳이 내 집이고 일터다. 그리고 내가 지금 살아 있을 수 있는 이유다. 나는 박물관 부속 건물에서 태어났다. 순수한 인간이었던 내 어머니가 이곳 거주자였기 때문이다. 프로젝트에서 제외되었음에도 종말의 시대를 거쳐 살아남은 순수한 인간인 최후의 인간들과 그 후손들, 복제에 실패한 불완전한 인간들이 박물관 구역에 주로 거주한다.

박물관 작업실에 들어서자 류 α의 뒷모습이 보인다. 이름 뒤의 알파는 첫번째 변수를 뜻한다. 류가 마주하고 있는 벽에는 대형 모니터를 중심으로 색색의 메모지가 모자이크처럼 반짝이고 있고, 책상 위에는 노트가 펼쳐져 있다. 모니터에는 문장들이, 메모지에는 단어들이, 노트에는 생각들이 적혀 있을 것이다. 소설복원사인 류는 지금 작업중이다.

류는 불완전한 인간이다. 다음 생을 위해 복제되었지만 결함이 발견된 인간. 그런 경우에도 아주 특별한 점이 있다면 계속 살아갈 수 있다. 하지만 유감스럽게도 생사 여부에 대한 결정을 본인이 내릴 수는 없다. 류는 이야기를 재구성하는 능력을 인정받았다. 완전한 인간에게는 없는 능력이다.

종말이 다가오자 인간은 인류와 동시에 문명을 보존해야 할 사명을 갖게 되었다. 종말의 마지막 프로젝트는 문화유산을 최대한 보존하는 것이었다. 문명의 보존이 프로젝트의 마지막이었던 건 문화가 중요하지 않다고 생각해서였을까. 아니면 인간이, 그것도 완전한 인간이 살아남으면 문명은 어찌 되든 다시 꽃을 피우리라 여겼기 때문일까.

종말 이전, 책들은 데이터로 저장되었고, 예술품은 선별되어 보관되었고, 건축물과 같은 거대한 유산들도 입체화면으로 저장되었다. 종말이 지난 후 세계가 살아났을 때 살아나지 못한 건 책이었다. 특히 소설과 시의 데이터들이 흩어지고 뒤섞이고 일부는 소실되었다. 원본 그대로 남아 있는 소설과 시가 없었다. 후에 시는 일부 낭송된 덕분에 완전히 복원될 수 있었지만 소설을 원본의 문장 그대로 기억하는 사람이 없었다. 설사 그 소설의 작가가 살았다고 해도 그대로 복원하는 것은 불가능했을 것이다.

프로젝트로부터 보호받지 못한 순수한 인간들의 일부가 종말 이후에도 끈질기게 살아남았다. 그들에게 주어진 건 고통과 죽음뿐이었다고 역사는 기록했다. 모든 형태의 사회적 자산을 차지한 건 완전한 인간들이었고, 그들의 권위와 질서는 절대적인 것으로 여겨졌다. 그 완전한 세계의 바깥에서 순수한 인간들은 죽어갔다. 죽어가면서도 그들은 자손을 남겼기에 완전히 사라지는 데는 시간이 걸렸다. 지금처럼 순수한 인간이 완전한 세계로 편입된 것은 완전한 인간들에게는 없는 예술적 능력 때문이었다.

—리브카?

—응!

류는 모니터에 시선을 고정한 채 나를 부른다. 나를 부르는 그의 목소리가 작업실을 직선으로 가른다. 주위를 둘러보았지만 아무도 없다.

—나, 지금 일하는 중이야. 작업실에 계속 있을 거지? 조금 이따 봐.

류의 손가락이 움직이고 대형 스크린에 문자들이 퍼즐처럼 펼쳐진다. 류가 복원중인 책은 『피노키오의 모험』이다. 참고할 만한 것으로는 피노키오를 모티프로 했다는, 스티븐 S의 영화에 대한 조각난 기사들이 있을 뿐이다. 스티븐 S의 영화 가운데 프로젝트에서 보존 결정을 내린 작품은 하나뿐이었고, 유감스럽게도 그 영화는 외계 존재에 관한 이야기로 피노키오와의 연관성이 그리 없는 것으로 판단되었다. 류는 인간이 되기를 원하는 인형의 이야기, 피노키오를 연말까지 끝내고 싶어한다. 그가 스스로 정한 최대기한은 내년 2월이다. 그때까지도 눈에 띄는 실적이 없으면 폐기 결정이 날지도 모른다고 류는 불안해하고 있다. 불완전한 인간은 스스로의 존재 가치를 끊임없이 증명해야만 한다.

나는 책상에 앉아 노트를 펴고 재인을 생각했다. 류가 이야기를 완성시켜야 하는 것처럼 나는 필름을 완성시켜야 한다. 하지만 류가 완결을 희망하는 것처럼 나는 완결을 바랄 수 없다. 내가 필름을 완성시킨다는 것은 이제 더이상 그 필름의 주인공이 세상에 존재하지 않는다는 뜻이니까. 나와 비슷한 일을 했던 선배는 내 생각이 잘못되었다고 말했다. 완전한 인간들은 더 나은 버전으로 다시 태어나므로 소멸은 축복이라고. 그리고 그들과 우리가 다르다는 것을 잊지 말라고. 하지만 선배와 나도 다르기는 마찬가지였다. 내가 할 일은 두 가지다. 필름을 만드는 것과 재인이 재생될 때 리메이크될 요소에 관한 리스트를 재생센터에 보내는 것.

—리브카, 바빠?

류가 나를 부른다.

—아니.

—그럼 나랑 이야기 좀 할 수 있어?

나는 작업실을 가로질러 류의 책상 앞으로 걸어간다. 이야기의 파편들이 점점 더 커진다. 문장이 단어가 되어간다. 전체가 사라지고 부분이 가까워진다.

—저게 피노키오야.

류가 울프 본 렌키위츠의 그림 〈파라다이스 아일랜드〉를 가리키며, 그림의 오른쪽에 위치한 등장인물이 피노키오에서 파생된 구세기의 만화영화 캐릭터라고 했다.

—걔는 인간이랑 닮지도 않았어.

류가 투덜거렸다. 완전한 인간들은 인생을 열여덟 살이나 스무 살부터 시작한다. 간혹 서른 살부터 시작하는 인간들도 있긴 하다. 기준은 그들이 선호하는 외모와 최상의 건강상태다. 열여덟 살 이하로의 선택은 불가능하다. 이 세상에는 그들을 양육해주고 지원해주고 교육해주는 프로그램이 존재하지 않는다. 그들은 태어날 때부터 완전한 인간이어야 한다.

피노키오는 보편적인 인간을 닮지는 않았지만 이 시대에는 몹시 희귀한 아이를 닮았다. 류와 내가 함께 자란 기숙사에는 아이들이 있었다. 오래전 정말 순수한 아이들을 관찰하고 개선하기 위해 만들어졌다는 기숙사에는 그즈음에도 이미 순수한 인간들이 없었다. 나처럼 순수한 인간과 완전한 인간 사이에서 태어난 희소한 아이들, 복제가 잘못되어 완전 성장 이전에 꺼내어진 불완전한 아이들, 그리고 실험대상 인조인간들이 있었다.

우리와 함께 기숙사에 있던 인조인간들은 제품으로 완성되지 않은 실험용이었다. 인조인간들은 성인의 외모를 가졌지만 대부분 정신이나 성격이 아이 같았다. 투명하고 직선적이고 단순하고 명료했다. 복잡함은 그들이 가진 고유의 목적에 이르는 데 방해가 될 뿐이다. 기숙사에서 그들은 인조인간이지만 세상 바깥에서는 로봇이다. 사용목적과 기능이 명시된 로봇. 그들은 전체로서의 인간이 아니라 인간의 일부를 닮았을 뿐이다.

—피노키오는 인간이 아니라 인간이 만든 인형이니까.

내가 말했다. 이해가 되지 않는다고 류가 계속 투덜거린다. 나로서는 이러는 류가 낯설어서 불안하다. 류는 이보다 더 복잡한 이야기도 척척 조립해내는 유능한 소설복원사다.

—피노키오는 인간 아이가 되고 싶어하는 걸까? 이때의 인간은 분명 완전한 인간은 아니고 순수한 인간인 거지. 그럼 피노키오는 뭐지? 피노키오는 인조인간인 거지? 인조인간이 순수한 인간이 되고 싶어하는 거 맞는 거지?

류가 나에게 묻고 있다. 어릴 때는 궁금했다. 왜 나에게만 부모가 있을까. 왜 어떤 인간은 이름이 있고, 어떤 인간은 이름이 없을까. 어떻게 우리는 변하고 인조인간들은 변하지 않을까. 우리는 모두 인간인 것인가. 그런 것들이 궁금했지만 아무에게도 묻지 않았다. 그리고 물을 수 없었다. 류에게도. 기대되는 재능이 끝끝내 발견되지 않은 불완전한 아이들은 기숙사에서 사라졌다. 다시 복제되어 완전한 인간이 되었다면 이름과 얼굴은 물론 유전자도 똑같은 그들은 내가 알던 그들일까.

*

물 위의 집. 그 집은 강물 위에 둥둥 떠 있다. 강기슭에 닿아 지금은 머물고 있지만 언제든지 떠날 수 있는 집이다. 집과 함께 떠날 수 있다는 사실은 매혹적이다. 창으로는 강이 보이고 모든 가구는 미니멀하다.

언젠가 그와 나는 인공 호숫가 벤치에 앉아 오래도록 한곳을 향해 나아가는 배를 바라보았다. 그때 그는 나에게 환한 미소를 보이며 이렇게 말했었다. 너무 무거우면 떠 있을 수 없거든. 돛을 단 나무배가 호수 위를 유유히 흘러가고 있었다. 누군가 노를 젓고 있었지만 인간은 아니었다.

나는 가끔 강으로 가 그의 플로팅하우스를 바라보곤 한다. 그는 아무것도 없는 텅 빈 방에 환하게 조명을 밝히고 창가에 서서 책을 읽는다. 그런 그의 모습이 그대로 강에 비친다. 불빛이 어른거리는 강물 속에서 그는 책을 읽으면서 둥둥 떠 있다.

몇 달 전 박물관에서 우연히 그를 만났다. 나는 그가 그곳에 있으리라고는 꿈에도 생각지 못했다. 먼저 말을 걸어온 건 그였다. 우리 어디서 만나지 않았던가요? 나는 한 치의 망설임도 없이 고개를 저었다. 미안합니다. 왜 이렇게 낯이 익은지…… 그는 여전히 내 얼굴을 바라보고 있었다. 나는 조용히 미소를 지은 후 뒤돌아섰다. 그가 나를 기억하는 것은 불가능하다. 그런데도 그는 박물관에 왔고 나에게 다가왔고 말을 걸었다. 선택 리스트 장애인가. 완전한 인간끼리의 오류는 저절로 조정된다. 하지만 예측 프로그램이 없는 나 같은 인간과의

접촉은 일어나서는 안 되는 일을 일어나게 한다. 그는 이미 그런 일을 겪은 적이 있다.

그가 박물관을 떠날 때까지 숨어서 지켜보았다. 그는 비원의 홀로그램 앞에서 오래 머물렀다. 비원은 어머니가 좋아하던 곳이었다. 어릴 때 어머니는 늘 비원의 이야기를 들으며 잠들었고 꿈속에서 자주 그곳에 갔다. 종말 전 어머니 선조의 기억은 이야기를 통해 계속 전해졌고 꿈을 통해 실현되었다. 이 세상에서 사라진 그곳은 홀로그램보다 어머니의 설렘 가득한 목소리에 두근거리는 심장소리가 더해질 때 더 아름다웠다.

그는 기념품실에 들른 후 박물관을 나갔다. 나는 기념품실의 캐셔로봇에게 그가 구입한 물건을 알아보았다. 피카소의 〈게르니카〉 축소판이었다. 내 기억이 맞는다면 어머니는 진짜 〈게르니카〉를 보고 싶어했다. 하지만 그림의 원본을 보는 건 우리에게는 금지된 것이었다. 완전한 인간만이 일 년에 한 번 박물관의 화랑에 출입이 허락되었다. 하지만 많은 완전한 인간들이 그 권리를 누리지 않는다. 그는 그날 화랑의 개장시간에 맞춰 그곳에 들어가 마칠 시간이 되어 나왔다.

해마다 그는 박물관 화랑에서 〈게르니카〉를 보았을까. 내가 이 강가에서 그를 지켜보는 건 내 유전자 때문일까. 그와 함께했던 기억 때문일까. 그도 아니면 다른 인간들에게 없는 무엇이 나에게 있기 때문일까.

아버지는 재생을 미루고 어머니가 죽을 때까지 같이 살았다. 완전한 인간인 아버지는 언제든 죽을 수 있었다. 그리고 죽어도 죽지 않을 수 있었다. 하지만 언제 죽을지 몰랐던 순수한 인간인 어머니에게 죽음은 생을 가늠하는 척도였고 불안이었다. 재생을 거부한 완전한 인간과 죽음을 향해 늙어가는 순수한 인간의 관계를 순수한 인간들은 사랑이라고 불렀고 완전한 인간들은 오류라고 불렀다. 순수한 인간들도 원하면 재생 프로젝트에 참가할 수 있었다. 하지만 어머니는 거부했다. 유전자의 일부만 남는 것은 사는 것이 아니라 사용되는 것일 뿐이라고.

어머니의 죽음 후 삼 년 뒤 아버지는 재생을 선택했다. 그 삼 년 동안 나와 아버지는 가끔 만나 서로의 시간을 이야기하고 어머니를 추억했다. 내게는 어머니에 대한 추억이 많지 않았지만 그가 하는 이야기를 알아들을 수 있는 사람이 이 세상에 나밖에 없을 것 같았다. 그는 자주 웃었지만 그가 혼자 남은 시간에 운다는 것을 어쩐지 나는 알 것 같았다. 나의 우울이 그의 것임을 그의 표정 속에서 읽을 수 있었던 것이다. 아버지는 어머니를, 그리고 나를 잊지 않기를 원했다. 하지만 기억은 복제되지 않는다.

오늘 나는 그가 있는 강가에 오래 머문다. 다음에 내가 여기 왔을 때 그가 없기를 바라면서. 그것이 이 세상에서 그를 가장 사랑하는 사람의 바람이었다는 것을 나는 기억한다. 그리고 그것을 기억하는 유일한 사람으로서 나는 그렇게 되길 기도한다.

*

나는 사천삼백사십오번째 기록물을 위한 준비를 하고 있다. 지속적으로 약속을 정하고 만나서 이야기를 나누며 사소한 것이든 중요한 것이든 빠짐없이 일단 노트에 적는다. 듣는 순간 중요하다고 느껴지면 별표, 이해하지 못하는 이야기라도 흐름을 흩뜨리는 질문은 최대한 자제하며 물음표, 어떤 단어나 문장에는 밑줄, 이렇게 표시를 한다. 대개는 한 권의 노트를 채우지도 못한 채 완전한 인간들은 마지막 날짜를 결정한다.

—어떤 것이 나을까요?

마지막 날짜의 배열을 고르던 재인이 나에게 물었다. 1225로 끝나느냐 0111로 끝나느냐 혹은 0202로 끝날 것인지를 묻는 것이라면 내가 선호하는 쪽은 어느 것도 아니다. 그리고 그 결정은 삶에는 결정적인 것이지만 그 이후에는 아주 사소할 뿐이다. 필름의 아주 구석에 일부러 찾아보지 않으면 찾을 수도 없을 만큼 작게 존재하게 될 테니까. 게다가 그 정도의 애정을 가지고 필름을 들여다볼 인간은 없다. 누군가를 추억하거나 기억하기 위한 기록이 아니다. 완전한 인간에게는 가족이 없다. 그리고 또 아이가 없다. 그들은 특별해서 유일한 존재다.

—신중하게 선택하셔도 됩니다.

—사실은 내일, 아니 오늘로 선택해도 상관없을 거 같아요. 내가 그러면 리브카 당신 일이 복잡해지나요?

—저는 괜찮습니다.

—내 이야기는 이 정도면 필름으로 만들기에 충분하다는 건가요?

—그건 제가 결정하는 게 아닙니다.

—당신 이야기를 듣고 싶어요. 당신은 나랑은 다르잖아요.

—내가 당신과 얼마나 다른지 잘 모르겠습니다.

재인의 '다르다'가 이 세상을 지배하는 차별을 의미하지 않는다는 것을 안다. 나는 그의 인생을 알고 있으니까. 그 '다르다'는 호기심이다. 내가 남다른 건 완전한 인간과 정신이 다르기 때문이다. 나는 완전한 인간과는 달리 지루함을 두려워하지 않는다. 반복을 식상해하지 않는다. 같은 하루로 천 년을 살아도 미치지 않을 것이다.

—오늘은 어떻게 보냈죠? 여기 오기 전에 무슨 일이 있었죠?

—아무 일도 없었어요.

—정말인가요?

나는 나의 하루를 이야기한다. 내가 선택한 적 없으나 다 알 것 같은 하루, 그리고 인생. 내가 모르는 건 나의 마지막 페이지뿐일지도 모른다. 그들과 내가 다른 건 사실은 그 종이 한 장 차이인지도 모른다.

—어디서 누구랑 살아요?

나는 박물관 부속 건물의 스튜디오에서 살면서 박물관 작업실에서 주로 일하고, 같이 사는 사람은 없지만 같이 사는 것과 마찬가지처럼 느껴지는 친구가 있다고 말했다. 재인은 류를 궁금해했다.

—어쩌면 내가 읽은 책 가운데도 당신 친구가 쓴 게 있을지도 모르겠네요. 어떻게 하는 거죠. 그 소설복원이라는 거.

—작가의 생각이 너무 자연스럽게 자기 안으로 흘러들어오는 순간이 있다더군요. 자신의 생각을 그의 문장에서 발견하기도 하고, 몇 문장을 계속 읽다보면 아, 이 작가는 그 생각을 표현하기 위해 이런 식으로 문장을 쓰고 문단을 조직했구나 하고 생각하게 된다더군요. 읽은 것은 문장의 나열인데 마음에 닿는 것은 그의 생각이 되는 거죠. 작가의 생각을 이해할 수 없으면 문장과 단어로 퍼즐을 맞추는 게 어려워진대요. 글과 자신이 완전히 밀착되는 느낌이 드는 순간이 있대

요. 하지만 대부분은 아주 힘들어하더군요. 그가 다시 만드는 소설이란 게 허구를 빌려 현실을 이야기하는 건데 이제 그 현실마저도 우리에게는 아주 먼 곳이니까요.

—지금은 어떤 책을 작업하고 있죠?

나는 망설인다.

—왜요? 비밀인가요? 괜찮지 않을까요? 지금 상황에서는 제가 그 책을 읽을 수는 없을 거 같지 않아요?

—재생을 선택하면……

—그럴 때도 어차피 나는 기억을 못 하니까 아무 상관 없지 않나요?

나는 재인에게 인간이 되고 싶은 로봇 아이의 이야기를 들려주었다. 목숨까지 위태로워지는 온갖 모험과 구원의 이야기를 내가 들어서 아는 것에 상상력을 더해서.

—마지막에 피노키오는 어떻게 될까요?

재인이 물었다.

—아마도 완전한 인간이 되는 걸로 끝나지 않을까요?

—그러면 피노키오는 영원히 행복해지지는 않겠군요.

—……

—난 피노키오가 좀 부러웠는데. 선택하지 않는 한 죽지 않는다는 것을 알고 있고, 다시 살 수 있다는 걸 아는 한 더이상 진정한 모험은 허락되지 않아요. 나 자신으로 다시 살면서 무엇이든 다시 선택할 수 있지만, 사실은 겪은 것, 아는 것만 선택할 수 있어요. 문제는, 무엇을 할 것인가를 선택할 수 있다고 해도 그것만으로는 행복이 결정되지

않는다는 거예요.

완전한 인간들은 재생시 이전 인생에서 좋았던 것들이 다시 반복되도록 할 수 있다. 좋았던 것은 남기고 나빴던 것은 지운다. 인생이 반복될수록 그들 삶에는 좋은 것들만 남아야 한다. 하지만 그렇게 최상의 인생을 살면서도 그들은 그리 즐거워 보이지 않는다. 인생의 길이는 재생횟수가 늘어날수록 점점 더 짧아진다. 미래는 자기복제에 지나지 않는다.

나는 노트를 덮고 오늘의 만남을 정리했다. 이제 문을 나서는 일만 남았다. 재인이 묻는다.

—혹시 이전에도 내가 당신을 만난 적이 있나요?

—……

—대답할 수 없는 거죠?

나는 말할 수 없다. 그러나, 말하지 않는다. 인생은 유한함으로써 가치로운 유일일 수도 있고, 끝없이 반복됨으로써 가치로운 지금일 수도 있다. 나의 사천삼백사십오번째 기록물 재인을 기억하는 사람은 나뿐일 것이다. 그리고 재인 이전의 사천삼백사십사번의 기록물들도.

*

메시지가 도착했다. 재인 K 41. 종료일 예약 2월 29일. 공식 메시지는 단지 그것뿐이었다. 개인적으로 그는 나에게 연락하지 않았다. 나도 그에게 연락하지 않았다. 그렇게 하루하루가 갔다. 그 하루하루를 나는 모두 세고 있었다. 그리하여 연락하지 않음이 연락 같은 날들이었다.

그동안 류는 초조하게 문장을 배열했고, 나는 그와 등지고 그림을 배열했다. 종말의 시간 건너에 있는 류의 문장 조각과 완전의 시간 이후에 있는 나의 그림 조각. 우리는 서로 다른 그림을 같은 방향에서 맞춰나가고 있는 것 같았다. 남아도는 조각들을 덜어내서 인생의 필름을 완성시키는 나와 부족한 조각들을 채워서 이야기를 완성시키는 류, 어느 쪽이 더 어려울까. 나는 재인이 내게 주었던 이야기들을 다시 떠올리면서 그의 전생과 또 그 전생과 또 그전 전생, 그렇게 중첩된 그의 평행된 시간들의 선자국을 그렸다.

—리브카, 제페토는 온갖 위험을 겪으면서 피노키오를 찾으러 가. 이상하지 않아? 피노키오는 다시 만들면 되는데 제페토는 왜 그랬지?

류가 나에게 물었다.

—피노키오가 단순한 인조인간이 아니라서 그런 거 아닐까?

—단순한 인조인간이 아니라고?

—……

—캐시처럼? 토미처럼?

캐시와 토미, 그들의 정식 명칭은 서브젝트 12-7과 서브젝트 12-9였다. 그들은 인조인간이었다. 나와 류만이 그들을 캐시와 토미라고 불렀다. 기숙사에는 어떤 인간이든 오로지 하나였다. 그러나 이제 세상에는 우리가 알던 캐시와 토미, 아니 서브젝트 12-7과 서브젝트 12-9에서 파생된 인조인간이 있다. 성공적인 인조인간일수록 더 많이 존재한다. 그들은 유능할수록 유일할 수 없는 존재들이다. 내 얼굴을 만지던 캐시. 내 눈동자를 오랫동안 바라보던 토미. 그들은 이제 우리를 알아보지 못하겠지. 우리가 그들 속에서 캐시와 토미를 찾을 수 없는 것처럼.

—피노키오가 인조인간이 아니라 불완전한 인간이 아닐까? 그래서 기숙사로 가게 되는데 도중에 도망을 치고, 피노키오를 찾으려다 위기에 빠진 제페토를 다시 피노키오가 구하게 되고. 결국은 피노키오가 완전한 인간이 되는 걸로 끝나는데 말이야.

나는 말없이 류의 이야기를 듣는다. 이야기를 찾아가는 류의 목소리에 귀를 기울인다. 류는 완전한 인간이 되고 싶을까. 아이러니하게도 피노키오의 복원에 실패하고 류의 효용이 무용한 것으로 밝혀지면 그는 폐기될 것이다. 그리고 류란 이름 뒤에 알파벳 대문자를 단 완전한 인간으로 복제될 것이다. 완전한 류는 내가 아는 류일까?

—이상한 게 피노키오가 완전한 인간으로 재생되면 제페토와의 기억이 없어지잖아. 그러면 제페토와 행복하게 살 수는 없는 거 아냐. 그러니까 불완전한 인간에서 그대로 완전한 인간이 된 거 같아. 그런 게 어떻게 가능하지?

류는 질문을 계속하고 있다. 나에게, 그리고 자기 자신에게. 류가 어느 때보다 불안해하고 있다는 걸 나는 느낀다. 몇 번의 생을 거듭하면서 처음 느끼는 두려움일 것이다. 죽음의 결정이 언제 그에게 내려질지 그는 모른다. 시간의 죽음이 언제 나를 찾아올지 나는 모른다. 나는 류의 얼굴을 바라본다. 혼자서 이야기를 감당해야 하는 외로움을. 알지 못하는 저 먼 곳에서 시작된 이야기가 자신에게 와서 어떤 이야기로 그려질지 모르는 불안을. 무엇보다 끝을 향해 치닫는 순간 완성을 향해 치열해지는 열정을.

*

다시 기록물들을 배열했다. 시간순으로 그 역순으로, 홀수끼리 짝수끼리, 그리고 감각적인 길이로 크기로 두께로. 하지만 멀리서 보면 그들은 모두 똑같은 필름 한 장이었다. 가까이서 오래 시간을 두고 바라보지 않는 한 차이를 확인하는 것이 불가능한. 그러므로 심란할 때마다 하는 내 배열은 결국 아무런 차이도 없이 똑같은 것처럼 보였다. 그리고 그 재배열의 마지막까지도. 나는 백팔번째 필름을 다시 읽었다.

그는 종말의 시기를 겪고 살아남은 순수한 인간, 최후의 인간이었다. 죽음을 앞두고 그는 나를 만났다. 완전한 인간과는 달리 그의 죽음은 언제가 될지 정확한 예상이 불가능했지만 시간이 얼마 남지 않았음이 너무 확연했다. 그는 늙고 아프고 약했다. 언제 갑자기 끝날지 모르는 그의 이야기를 나는 숨죽여 들었다. 매 순간 했던 작은 선택들이 그의 모습을 결정했고, 좀처럼 계획대로 풀려나가지 않아 예상치 못한 일들이 일어났으며 새로운 가능성들이 그를 놀라게 했고, 가끔은 현실이 그를 배반하고 희망이 그를 위로했다.

그리고 그는 가장 행복했던 시간이 아니라 가장 불행했던 시간에 대해 이야기했다. 세상이 종말을 맞던 날 그는 부모님과 함께 바닷가에 있었다. 해가 떠오르는 순간 엄청난 높이의 파도가 그들을 향해 다가왔고 그는 부모님의 손을 꼭 잡은 채 눈을 감았다. 깨어났을 때 그는 바닷가 모래사장에 홀로 누워 있었다. 몸을 추스르고 일어나 뒤를 돌아보았을 때 그는 부모님과 함께 세상이 사라졌음을 알았다. 아무것도 없었다. 그는 바다의 반대편으로 걷기 시작했다.

정말 혼자서 살아남은 것일까봐 두려웠다. 그는 가끔 자기가 이전에 자기가 알던 자신이 맞는지 궁금했다. 그가 누구인지 확인해줄 사람이 없었다. 그는 거울로 자신을 확인하고 싶었다. 한편으로는 거울을 보기 두려웠다. 자신이 알던 인간이 아닐지도 모른다는 생각이 자꾸만 들었다. 그는 외로웠고 그 외로움만이 자신이 인간임을 알게 해주었다. 이 세상에 혼자 남은 게 아니라는 것을 알기까지 아주 오랜 시간이 걸렸다. 그후에도 그는 기꺼이 외로워졌고 외로워져야만 했다.

나는 그의 인생을 필름 한 장에 담는 데 실패했다. 그의 인생은 요약이 불가능했고 미루어 짐작할 수 없었다. 실패했기에 나는 그 미완의 필름을 자주 꺼내 보았다. 그리고 최후의 인간의 삶을 상상했다. 누구의 삶도 아닌 나의 삶. 거지 같거나 짐승 같거나 벌레만도 못하거나, 고통스럽고 의문스럽고 치욕스러운 삶. 유리 조각을 딛고 서 있는 것처럼 베이고, 얼음 위를 걷는 것처럼 시리고, 벼랑 끝에 선 것처럼 위태로운 시간. 시간이 아니라 삶. 백만 번 다시 태어나도 알 수 없는 세계를 궁금해했다. 백만 번 다시 태어날 수 있기에 알 수 없는 세계.

지금 이야기할 수 있을까요? 재인에게 메시지가 왔다. 자정이 가까워오고 있다. 사흘 뒤면 재인은 없다. 적어도 지금 나와 이야기하길 원하는 재인 K 41은 없다.

—저예요.

—아직 안 자고 있었네요.

—네, 그래요.

—마지막 날을 결정했어요.

—2월 29일이더군요.

—네. 그리고 저, 완결을 선택했어요.

—……

—이번이 마지막이에요.

재인이 어떤 마음으로 그런 결정을 내렸을지 나는 모른다. 내가 아는 건 필름에 이름을 쓸 때마다 내가 덜 행복해지는 것 같다는 것이다. 나는 두렵다. 나의 죽음보다 그들의 죽음이. 그들의 죽음 후의 내가. 내 죽음은 끝이지만 그들의 죽음은 내가 살아 있는 한 계속된다. 단 한 번도 내 것이었던 적이 없는 행복이 영원한 결여로 남게 될지도 모른다고 생각한다.

—내 인생은 슬프지 않아서 슬프고 아프지 않아서 아프고 외롭지 않아서 외로웠어요. 당신을 만나 이야기하면서 나는 뭔가 선택이 필요하다고 느꼈어요. 그래서 나는 나를 선택했어요. 고마워요. 그럼 안녕히.

—네, 안녕……히.

그의 목소리가 사라졌다. 그도 곧 사라질 것이다. 완전한 죽음을 선택했다는 건 이 생에 완전히 만족했다는 뜻인가. 아니면 그 반대인가. 흔히 완전한 인간의 시대를 인간이 가장 행복해질 수 있는 시대라고 말한다. 하지만 인간이 무엇인가에 따라 달라지는 건 아닐까. 순수하다는 건 예측할 수 없다는 것인가. 완전하다는 건 확실하다는 것일까.

나는 사천삼백사십오번째 필름을 쓴다. 펼쳐진 노트를 앞으로 한 장씩 거꾸로 넘긴다. 재인을 처음 만났던 날로 돌아간다. 노트 한 권에 때로는 빼곡히 때로는 드문드문 적혀 있는 것들을 숨죽여 읽으며 재인이란 인간을 그린다. 마지막 페이지까지 읽은 후 잠시 노트를 닫는다. 그리고 숨을 고른다. 다시 노트를 펼치고 페이지를 넘겨가며 별표와 의문표로 표시된 부분을 주의깊게 읽는다. 정말로 바라는 게 무엇이냐고 물었을 때 재인은 말했다. 영원한 것이라고. 영원히 사는 것이 아니라 사라지지 않는 그 무엇을 원한다고 말했다. 그리고 나에게 물었다. 그게 과한가요?

사천삼백사십오번째 필름을 백팔번째 필름과 겹쳐본다. 내가 아는 것과 모르는 것. 하나는 너무 복잡하고 하나는 너무 단순하다. 끝까지 물러서서 전체를 보기 전까지는 이해할 수 없는 큰 그림의 조각들. 캡슐 한 알을 삼킨다. 팔목의 메모리아가 반짝인다. 더하기 일. 살아온 나날을 센다. 재인은 지금쯤 마지막 날을 입력했을까. 그렇다면 남아 있는 나날이 반짝일 것이다. 제한된 시간, 언제 닥쳐올지 모르지만 곧 결정될 끝을 향해 하루하루 순간순간 나아갈 것이다. 물 위 집 그가 운다. 그리고 그의 그림자가 이제 막 울기 시작했다.

메리골드

밖으로 밖으로 사람들이 지나고
안으로 안으로 그녀는 잠들어 있어
(……)
밖으론 밖으론 난 아무렇지 않은 듯
안으론 안으론 하지만 난 울고 있었어

—이장혁, 〈스무 살〉

"좀 나와."

가영이 휴대폰을 받자마자 세호가 말했다.

"도대체 지금이 몇 시인 줄 알아?"

가영은 자정을 향해가고 있는 시계를 보면서 날카로운 목소리로 말했다.

"조금 있으면 너희 집 앞에 도착할 거야."

세호는 그렇게 말하고 전화를 끊었다. 외출하기에는 늦은 시간이었다. 처음에 신세호라는 남자는 가영의 관심대상이 아니었다. 그는 돈을 잘 쓰긴 했지만 그럴싸한 직업을 가지지도 못했고, 그 대학 출신이라고 말하면 사람이 다시 보이는 그런 대학을 나온 것도 아니었다. 게다가 불량기가 농후해 보이는 시니컬한 태도, 툭툭 던지듯 내뱉는 불편하고 불쾌한 말투, 불완전한 가족에 대한 소문, 어느 것 하나 가영의 마음에 들지 않았다. 그러나 그에 관한 생각 어느 것 하나 변한 건 없는데도 이제 가영에게 신세호는 관심대상이다.

가영은 거울을 보고 핑크빛 립스틱을 발랐다. 가영의 도톰한 입술은 활짝 핀 꽃잎 같았다. 가영은 조금쯤 망설이고 조금쯤 그를 욕하고 그럼에도 그를 보고 싶어하는 자신에게 상처받겠지만, 결국 세호를 만나러 나가게 될 것이다. 가영은 서둘러 문을 잠그고 뛰다시피 해서 계단을 내려갔다. 무엇이든 결심함에 있어 망설임과 변덕이 심해서 그렇지 한번 마음먹은 일은 좀처럼 수정하는 일이 없는 사람이 바로 가영이었다. 달빛이 어스름한 밤 가파른 계단을 내려가는, 하이힐을 신은 가영의 곧은 다리는 불안정하게 움직이고 있다.

조금 있으면 집 앞에 도착할 거라던 세호는 아직 보이지 않았다. 그는 출발하면서 도착할 거라고 말한 건지도 모른다. 가영이 나오지 않는다면 이리로 올 필요가 없을 테니까. 나올 때까지 기다리겠다든가 하는 무모한 행동은 세호에게 아주 잘 어울리는 듯했지만 사실 그는 그런 행동은 좀처럼 하지 않는 사람이었다. 그는 치밀하게 계산하는 타입은 아니었지만 본능적인 판단이 제법 정확한 편이었다. 십 분이 더 지났지만 세호는 나타나지 않았다. 가영은 세호에게 전화를 하려다가 마음을 바꾸었다. 차가 막히고 있을 것이다. 굳이 전화해서 기다리고 있다는 인상을 줄 필요는 없다.

"이 시간에 웬일이니? 무슨 일 있어?"

자정이 넘었지만 수화기 저편 지효의 목소리는 생생하다. 가영은 지효가 이 시간에 좀처럼 자고 있는 일이 없다는 걸 안다. 지효는 십 년 전에도 그랬고 지금도 여전하다.

"아직 안 잤구나."

"응. 너는 안 자고 뭐해? 집이니?"

"아니."

"아직도 집에 못 들어갔어?"

"그렇게 됐어. 무슨 일 없니?"

"무슨 일? 아! 있잖아. 윤서 결혼한대."

"그래, 잘됐다. 어떤 사람이래?"

"어?"

"결혼하는 남자 말야."

"윤서, 강우랑 결혼해."

"정말? 걔들 아직까지 만나고 있었니?"

지효는 아무 말이 없다. 가영은 자신이 실수한 것을 깨달았다. 머리 한쪽으로 계속 세호를 신경쓰면서 통화를 하려니 말이 헛나오고 말았다. 그렇게 생각해도 그런 식으로 말하는 게 아니었다. 가영은 윤서와 강우가 어울린다고 생각하지 않았다. 가영이 보기엔 윤서는 너무 딱딱했다. 네모나게 구워진 갈색의 벽돌이 제일 먼저 떠올랐다. 윤서는 틀린 것, 잘못된 것을 지적하는 데 선수였다. 반면에 강우는 모난 구석이 별로 없는 부드러운 친구였다.

세호의 것처럼 보이는 차가 길모퉁이를 도는 것이 보였다.

"나, 그만 들어가야겠어."

"참, 있잖아. 가영아."

지효의 목소리가 갑자기 급해졌다. 하지만 가영은 전화를 끊어버렸다. 지효가 무슨 말을 하려는지 몰라도 그것을 듣고 있을 여유가 없었다. 가영이 눈에 띄지 않으면 휴대폰으로 통화를 한번 시도해보고 세호는 그냥 가버릴 것이다. 가영은 종종걸음치기 시작했다. 하이힐을 신은 가영의 가는 발목은 부러질 것처럼 위태로웠다.

지효는 끊어진 휴대폰을 멍하니 바라보았다. 지금 다시 전화를 걸까, 하고 생각했지만 손가락은 좀처럼 통화버튼 쪽으로 움직이지 않았다.

가영의 별명은 얼음공주였다. 가영은 늘 이어폰을 꽂고 음악을 들으면서 다녔다. 청력에 이상이 생길지도 모른다고 모두가 염려할 정도로. 가영은 혼자 있는 시간을 견디기 어려워서라고 했지만 지효가 보기엔 혼자 있는 시간을 방해받고 싶지 않아서일 때가 더 많았다. 이어폰을 귀에 꽂은 가영은 누군가가 불러도 듣지 못했고 음악에 열중해서는 아는 사람을 그냥 지나쳐 가버리기도 했다.

얼음공주라는 가영의 별명에 '입에 칼이 달린'이라는 수식어를 붙여준 건 윤서였다. 지효는 가영이 왜 그러는지를 이해할 수 없었지만 어떻게 할지는 알고 있었다. 그 입에 칼이 달린 얼음공주는 그 칼로 다른 사람에게 낸 상처가 다 아물고 딱지가 떨어질 때까지 자신이 준 상처에 신경쓰고, 절대 잘못했다고 사과하지 않는 대신 자신이 준 상처만큼 아니, 그 배만큼 아파했다.

차갑고 단호해 보이지만 그보다 더 부서지기 쉬운 사람이 가영이라는 걸 아는 사람은 많지 않았다. 다시 전화가 오길 기다릴까. 지효는 열리지 않는 문 쪽으로 서서 다시 창밖을 바라보았다.

4월 둘째 주 금요일 오후 네시. 가영의 시선은 세호를 쫓고 있다. 과장에게 거래처에 갔다가 곧바로 퇴근하겠다고 했다. 보고를 한 세호는 가영의 곁을 지나 자신의 자리로 갔다. 그러고는 가방을 챙겨들고 망설임 없이 사무실을 빠져나갔다. 그러나 가영은 기대를 버리지 않는다. 그녀가 퇴근하기까지는 아직 시간이 있다. 세호를 만난 걸 후회할 수는 없다. 그건 그녀의 선택이었으니까. 그 선택이 어떤 결과를 가져올지에 대해서 충분히 생각하지 못했음을 후회할 뿐이다.

지난 연말에 인원이 보충되면서 경력사원들이 몇 명 들어왔다. 그들 중에 세호가 있었다. 새로운 사람들이 등장하면 저마다의 이유로 관심을 갖는다. 라이벌 의식이나 먹이사슬로 연결된 실리적 관심이나 어디서 무엇하며 살던 사람일까 하는 단순한 인간적 흥미, 그리고 화살표를 날릴 상대를 찾는 이성 간의 호기심까지. 가영은 처음부터 그 어느 것에도 관심이 없었다. 가영은 그런 일은 이미 숱하게 겪어왔으므로 그들 중 누군가가 자신을 앞서간다 해도 담담한 마음으로 받아들일 준비가 되어 있었고, 어디서 무엇하며 살던 사람이든 자신을 엮고 들어가지만 말았으면 좋겠다고 생각했다. 그리고 이성적인 호기심이라면 더더구나 기대하지 않았다. 사내 커플, 끔찍하다고 생각하고 있었다.

감원된 동료의 일까지 맡고 있던 가영은 그 일의 일부를 세호에게 인수인계하게 되었다. 가영은 세호를 눈여겨보지 않았다. 세호는 비교적 단순한 업무를 맡고 있는, 누구나 대신할 수 있는 그런 일을 맡고 있는 사람이었다. 회사의 사정이 또 나빠진다면 아마 그가 맡고 있는 그 파트에서부터 잘려나갈 것이다. 소모품의 이미지를 진하게 풍기는 그런 남자에게 가영이 관심을 둘 이유가 없었다.

인수인계 자체는 몇 개의 파일을 넘기는 것으로 단순했다. 그러나 세호는 자꾸만 실수를 했고, 그럴 때마다 답답해서 가영은 그의 일에 참견을 해야만 했다.

사회생활을 통해 만난 사람들에게는 자신의 신경질적인 면을 좀처럼 드러내지 않던 가영이 결국 세호에게 화를 내고 말았다.

"지독하게 머리가 나쁘군요. 아니면 일부러 그러는 거든가."

"당신도 머리가 좋은 편은 아니군요."

"네?"

가영은 어이가 없어서 세호를 쳐다보았다.

"신세호씨, 지금 나하고 장난하자는 겁니까?"

"뭐, 그럴 수도 있고, 아닐 수도 있고."

세호는 일부러 가영을 골탕 먹이고 있었던 것이었다. 가영은 화가 머리끝까지 치솟았지만 참기로 했다. 회사가 애들 놀이터인 줄 아는 건가, 이런 인간은 상대해봤자 이로울 게 없어, 가영은 세호의 존재를 철저히 무시하기로 했다.

"다시 한번만 설명하죠."

이후에도 조금도 성의를 다하지 않는 세호의 일처리 방식과 이 세상의 모든 일을 자기 위주로 재미 삼아 장난치는 듯한 그의 태도가 가영의 신경을 거슬렀다.

"신세호, 저 사람, 이상하지 않니?"

어느 날 가영은 종종 점심을 같이 먹곤 하는 동료에게 물었다.

"왜? 언니한테 이상하게 굴어?"

"아니, 그런 건 아니야."

방송국이라는 별명이 붙은 동료는 신세호에 대해 아는 것을 신나서 늘어놓았다. 거의가 소문에 불과한 것이었다. 하지만 돈 씀씀이나 하고 다니는 차림새나 타고 다니는 차로 봐서 재산이 좀 있는 집 아들이라는 소문은 그럴듯하기도 했다. 하지만 세호는 가영이 찾던 남자는 아니었다. 그가 돈이 많은지는 모르지만 저런 태도라면 그 돈은 그를 무시할 만한 또하나의 이유가 될 뿐이었다.

그즈음 가영은 만나는 사람이 있었다. 회사 동료가 소개시켜준 명문대 출신의 고시생. 소개시켜준 사람에 따르면 길게 잡아도 이 년 안에는 사법고시에 합격할 거라고 했다. 고시에 합격하고 나면 수준이 달라지므로 그 전에 잡는 것이 좋다는 속물적인 충고도 해주었다. 조건이 나쁘지 않았다. 명문대 출신이고 집안도 좋은 편이고 사법고시 1차에 붙은 경력도 있었다.

소개시켜준 사람은 처음부터 말했다. 그런데 그 사람 좀 안생겼어. 작은 키와 왜소한 체격에 평범한 외모는 가영에게 처음부터 문제가 되지 않았다. 능력 있고 착하고 게다가 잘생기기까지 한 초인간적 캐릭터의 왕자는 드라마나 영화에나 나올 뿐이다. 아니, 요즘은 그런 비현실적인 캐릭터는 먹혀들지 않는다. 잘생긴 부잣집 아들은 성격이 도저히 참아줄 수 없는 정도이고, 잘생기고 착한 남자는 집안이 형편없다. 예쁘고 착하고 능력까지 있는 완전한 여자를 찾는 멍청이 남자들과 가영은 달랐다. 다 갖춘 완전한 남자는 없다. 혹 이 세상에 하나쯤 있다고 해도 내 몫은 아닐 것이라고 가영은 생각했다.

문제는 세상과 격리되어 법조문을 파고들며 이십대 이후의 대부분을 보낸 남자는 가영과 통하는 것이 없다는 것이었다. 그는 기본적으로 착하고 성실한 사람이었다. 그 점만이 견딜 유일한 이유가 되어주었다. 그리고 그와 함께라면 어쩌면 직선주로일지 모를 미래를 고려하지 않을 수 없었다. 그래서 가영은 한 달에 한두 번이지만 그를 계속 만나고 하품이 날 정도로 지루한 시간을 견디고 있었다.

만난 지 두 달이 채 되지 않았을 때부터 고시생은 결혼에 대해 이야기하기 시작했다. 결혼을 하고 안정이 되면 공부에 더 열중할 수 있을 거예요. 마치 공부를 더 잘하기 위해 결혼을 해야 하는 사람처럼 이야기하는 그를 보면서 가영은 마음속에서 부는 바람 소리를 들었다. 목적도 대상도 애매모호한 그 청혼이 자신을 향한 것이라는 것이 서글펐다. 하지만 가영은 고시생의 어정쩡한 청혼에 긍정적인 대답을 주었다. 어차피 지금 당장 결혼하자는 얘기는 아닐 테니까, 좀 시간을 가지고 두고보는 것도 손해볼 것은 없다고 가영은 판단했다. 낭만이라고는 개입할 여지가 없는 지극히 현실적인 판단을 내리면서 가영은 청춘이 다 끝난 것 같은 비감함을 느꼈다.

컴퓨터 화면을 응시하고 있는 가영의 눈은 아무것도 보고 있지 않다. 퇴근시간이다. 사람들이 하나둘 일어날 준비를 하고 있다.

"가영씨, 퇴근 안 해?"

"예, 조금 이따가요."

"그럼 월요일날 봐. 좋은 주말 보내고."

사람 좋은 팀장이 퇴근하며 보내는 인사말에 가영은 미소를 보낸다. 팀장은 가영에게 친절하다. 가영은 팀장의 친절을 잠시 오해한 적이 있었다. 팀장은 자신의 아내가 젊을 때 꼭 가영 같았다는 말을 자주 했고, 가영이 혼자 사는 걸 알고는 어려운 일 있으면 상의하라고 했다. 객지생활을 하면서 오랫동안 친절함에 인색했던 가영은 팀장의 호의가 의심스러웠다. 팀장의 아내를 처음 보았을 때 가영은 저 여자의 어디가 나를 닮았다는 말인가, 하고 이해하지 못했다. 그러나 몇 년째 한 직장에 있으면서 몇 번 팀장의 아내를 만나면서 그는 팀장의 말을 이해했다. 가영과 팀장의 아내에게 닮은 점이 있다면 그건 남자에게 관심을 받는 것이 당연하다 여겨지는 용모를 가진 여자들이 갖는 오만한 분위기였다.

대학교 일학년 때 사학년이었던 팀장을 만나 졸업하자마자 결혼을 한 팀장의 아내에게는 오랫동안 한 남자에게 사랑받아온 여자만이 가질 수 있는 천진난만한 오만함이 있었다. 당신이 아니었으면 난 훨씬 좋은 남자 만났을 거야, 라고 아무렇지도 않게 말하고, 그러니 자신이 대우받는 건 지극히 당연하다는 당당함. 사랑받지 못함에 대해서는 한 번도 상상해본 적 없는 여자의 모습. 그런 그의 아내를 알게 되면서 가영은 팀장을 진심으로 좋아하게 되었다. 그리고 팀장이 가영에게 우리 집사람도 꼭 가영씨 같아, 라고 말하면 은근히 기분이 좋았다. 하지만 가영은 스스로가 사랑을 최상으로 여기는 순수한 여자인 팀장의 아내와는 다른 종류의 사람이라는 걸 알고 있었다.

모두들 퇴근한 사무실에 혼자 남은 가영은 지효의 휴대폰으로 전화를 걸었다. 신호가 가자마자 기다리고 있던 사람처럼 지효가 말했다.

"어디야?"

"사무실."

"퇴근 안 해?"

지효는 걱정이 묻은 목소리로 물었다.

"조금 이따가."

"윤서 결혼식……"

"참, 윤서 결혼한다고 그랬었지. 언제야?"

가영은 달력을 넘겨 윤서의 결혼식 날짜를 확인했다. 아직 많이 남았다. 세상을 변하게 할 만한 시간은 아니지만, 결혼을 약속한 두 사람의 마음을 변하게 하기에는 충분한 시간이다. 그러나 윤서와 강우에게 그런 일은 일어나지 않을 것이다.

"올 수 있는 거지?"

"가야지. 회사를 그만둬버리는 한이 있어도 가야지, 꼭."

"무슨 일 있니?"

가영의 히스테릭한 말에 지효는 겨우 그렇게 물었다.

"나 결혼해버릴까?"

"누구랑? 그 고시공부 한다는 사람?"

가영은 그 이야기를 어떻게 지효에게 해야 할지 모른다. 자신이 가지길 원했던 것을 줄 수 있을지 모를 고시생에 대해서는 아무런 갈등도 없었다. 가영은 세호에 대해 이야기하고 싶다. 또다른 남자가 있다고. 어떻게 해야 좋을지 모르겠다고. 그리고…… 설명하기 힘든 무언가가 지효와 가영 사이에 있다.

지효에게 왜 전화를 걸었을까. 무엇을 확인하고 싶었을까. 아니, 무엇을 막고 싶었을까. 가영은 이미 반쯤은 포기상태에 들어가 있었다. 학교 다닐 때부터 지효는 가영에게 자신에게 없는 것을 일깨워주는 사람이었다. 살면서 지는 일이 좀처럼 없을 사람이 지효라고 가영은 생각했다. 어디에서 누군가에게 무엇을 이기길 바라는지도 모르면서 가영은 늘 이기고 싶었다. 아니, 지기 싫었다. 져서 상처 입기 싫었다.

가영이 지효에게 느끼는 일종의 열등감이랄 수도 있는 불유쾌한 감정은 가영이 언니에게 느끼는 감정과도 비슷했다. 아버지가 선생님이었던 탓이었을까. 가영의 집은 모든 것이 성적순으로 판단되었다. 일등을 한 번도 놓친 적이 없는 언니에게 가영은 서열에서 늘 밀렸다. 노력파인 여동생에게도 그 서열은 위태위태했다.

웅크리고 공부만 해서 공벌레라는 별명을 가졌던 언니는 하루 종일을 거의 공부하는 데 쏟아부었다. 등하굣길에서도, 식사중에도 손에서 요약수첩을 놓지 않았고, 한번 책상에 앉으면 세 시간은 기본이었다. 그에 비하면 가영은 책상에 한 시간을 가만히 앉아 있지 못하는 편이었다. 그런 언니가 못마땅할 때면 가영은 속으로 중얼거리곤 했다. 그렇게 오래 공부하고 일등 못 하면 바보지? 나도 언니처럼 그렇게 오래 공부하면 일등 할 수 있어. 가영이 외모에 관심을 갖는 시간을 공부에 쏟아부었다면 정말 언니의 말대로 성적이 더 좋았을까. 가영도 늘 그렇게 생각했지만 그건 말처럼 쉽지 않았다. 거울은 언제나 가영을 끌어당겼다. 그리고 가영은 나중에야 알았다. 책상에 오래오래 앉아 있는 것도 일종의 재능이라는 것을.

언니는 아버지처럼 선생님이 되었다. 아버지 시대에 남자의 직업으로서는 결코 특별하다고 할 수 없는 선생님이 요즘은 여자의 직업으로서 최상위였다. 언니는 선생님이라는 직업 때문에 중매가 줄을 섰고 그중에 직장이 제법 튼튼하고 집안이 그런대로 풍족하며 학력이 높은 남자를 골라 결혼했다. 아버지는 고지식한 선생님이었지만 언니는 융통성 있는 선생님이었다. 불쾌하지 않게 학부모의 촌지를 거절할 줄도 알았고, 그래도 촌지를 주지 못하면 자기 아이가 불이익을 받고 있을 거란 불안에 빠지는 학부모의 촌지는 받아서 불행한 운명을 가진 아이들을 위해 유용하게 썼다. 아버지가 선생님이고 언니가 선생님이라는 사실은 가영에게 나쁘지 않았다. 적어도 본데 있는 집안에서 제대로 배운 것 같은 인상을 주었다.

저녁 아홉시. 가영은 아직도 사무실에 있다. 세호를 기다리고 있는 건 아니다. 세호는 기다리면 오는 사람이 아니었다. 그는 기다리면 오지 않고 기다리지 않으면 어느새 와 있는 그런 사람이었다. 자신의 범위 안에 들어온 여자들을 그런 식으로 애태우면서 벗어나지 못하게 하고 있었다. 가영은 그걸 누구보다도 잘 알면서 어리석게도 지금 괴로워하고 있는 것이다. 기다리지 않아야만 그는 온다. 가영은 마음대로 움직이는 않는 세호 때문에 화가 나 있었고, 머릿속이 복잡했다.

가영은 세호가 신경을 긁으면 고시생에 위로받았고, 고시생이 참을 수 없을 정도로 지루하게 굴 때면 세호를 만났다.

휴대폰이 울렸다.

"어디서 뭐하고 있어?"

세호였다.

"내가 어디서 뭐하고 있는지 네가 알아야 하니?"

"이가영, 너, 세게 나온다."

"……"

"좀 만나자."

"지금?"

가영은 또 마음이 약해진다.

"만나서 할 얘기가 있어."

"……"

가영은 어떻게 해야 할지 마음을 정하지 못한다. 세호를 만나고 싶었다. 그를 만나서…… 그러나……

"만나기 싫어?"

"나, 지금 바빠."

"그 바쁜 일 끝나고 만나. 그러면 되잖아."

"안 돼."

"뭐? 안 돼?"

"그래, 안 돼."

가영의 거절이 불쾌했는지 세호는 전화를 일방적으로 끊어버렸다. 세호는 지금 자신의 휴대폰을 노려보면서 가영이 다시 전화할 것을 기대하고 있을 것이다. 그러나 가영은 세호에게 전화하지 않을 것이다. 가영은 휴대폰을 껐다. 그리고 핸드백에서 아이팟을 꺼내 켜고 이어폰을 귀에 꽂고는 사무실을 나왔다.

어디로 갈까. 식사를 거르지 말라던 어머니의 말이 생각났다. 가영의 어머니는 세 끼 식사를 손수 매번 준비하는 그런 사람이었다. 어머니는 두 끼 연속으로 같은 반찬을 식탁에 내놓는 일도 없었고, 별미로 만든 면류를 제외하고는 밥 외의 식사는 끼니로 취급하지 않았다. 어머니의 사고 내에서는 햄버거나 빵쪼가리는 한 끼 식사로 불충분했다. 그런 어머니를 둔 까닭에 가영은 식사를 거르면 무슨 큰일이라도 난 것 같은 생각이 들었다. 전화를 걸면 어머니가 제일 먼저 하는 말은, 밥은 먹었냐였다. 아홉시가 넘은 시각, 밥을 먹을 수 있는 곳을 찾아 가영은 혼자 걷기 시작했다.

편의점이 있는 모퉁이를 돌아 차 한 대가 겨우 지날 만한 골목으로 들어가서 두번째 건물 삼층에 가영이 살고 있다. 오층에는 주인집이 있고, 삼층에는 세 가구가 살고 있다. 가영의 보금자리는 신혼부부일지도 모를 젊은이 한 쌍이 사는 구석 집과 빈집처럼 드나드는 사람이 없는 계단 옆의 집 가운데 끼여 있다.

이사 온 지 일 년이 다 되어가지만 가영은 아직 이웃들과 정식으로 인사를 나눈 적이 없다. 아침에 좁은 복도에 나란히 서서 현관문을 잠글 때 곁눈질로 보거나 좁은 계단을 오르내릴 때 벽에 바짝 붙어 지나가거나 할 뿐이다. 오늘 같은 휴일이면 가끔 옆집에서 나는 소리들을 들으며 저기도 사람이 있구나, 느낀다. 하지만 가영은 그 사람들과 알고 지내고 싶은 마음이 없다. 언제든, 그것도 가능하면 빨리 가영은 이 생활을 청산하고 싶다.

직장을 갖기 전까지 가영은 혼자만의 방을 가져보지 못했다. 남동생은 남자라는 이유로 혼자 방을 차지했고, 가영의 세 자매는 옹기종이 부대끼며 지냈다. 언니가 결혼한다고 했을 때 가영은 자신의 공간이 조금 넓어진다는 생각이 제일 먼저 났을 정도였다. 언니가 결혼을 하고, 여동생이 수학여행을 갔을 때 가영은 잠시나마 그 방을 혼자 차지했다. 이부자리 위에 딱 하나의 베개만을 놓았을 때, 그리고 그 딱 하나의 베개를 베고 천장을 바라보았을 때 가영은 행복했다.

누구도 방해하지 않는 시간, 혼자만의 방을 갖는 것이 가영의 오랜 꿈이었다. 그 꿈은 직장을 가지면서 이루어졌지만 자신의 방을 생각하면 가영은 가슴이 답답해졌다. 가영의 월급은 낯선 도시에서 맥없이 부스러졌다. 지금 가영의 수중에 있는 돈은 적지 않지만, 이 도시로 떠나올 때 어머니가 마련해주셨다. 돈을 갚고 난다면 그건 얼마나 허무한 숫자인가. 원룸에서 벗어나는 것이 언젠가부터 가영의 꿈이 되어버렸다.

가영의 보금자리에는 최소한의 생활용품만이 놓여 있다. 텔레비전, 작은 냉장고, 식탁 겸 책상으로 쓰이는 테이블, 세탁기, 침대. 직장을 구해서 올라올 때만 해도 가영은 방 하나에서 혼자 사는 시간이 이렇게 길어질 줄 몰랐다. 속절없이 이십대가 지나갔고 서른세 살이 되도록 그녀는 원룸에서의 독신생활을 청산할 완벽한 해결책을 찾지 못했다.

가영은 결혼을 목적으로 남자를 만났다. 남자들이 첫눈에 매혹될

만한 예쁜 여자라는 것밖에는 크게 내세울 것이 없는 가영은 남자에게 모든 걸 바라지는 않았다. 자본주의사회에서 가장 큰 파워는 돈이므로 그건 절대로 포기할 수 없었고, 제대로 사람대우를 받으려면 학벌이 갖춰져야 했다. 이 사회에서 출신은 결코 무시할 수 없는 것이라는 걸 가영은 그동안의 사회생활을 통해 뼈저리게 느끼고 있었다. 가영은 외모를 제일 먼저 포기했고, 그다음엔 성격을 포기했다.

가영은 수정안대로 배우자를 물색했다. 그리고 고시생을 만났다. 가까운 미래에 돈과 권력을 가질 확률이 높은 남자. 세호를 알지 못했더라면 가영은 그대로 그에게 달려갔을 것이다.

가영이 갈등하는 이유가 정확히 세호 때문이라고 할 수는 없다. 순수하게 세호라는 인간 때문에 가영이 갈등하고 있는 것은 아니었다. 가영은 세호를 알게 되면서 자신이 수정하고 수정했던 이상형에 뭔가가 부족했다는 것을 알게 되었다.

세호는 매력적인 남자임에 틀림없었다. 그와 함께 있으면 여자들이 흘깃 세호를 바라보았고, 그리고 세호 옆에 있는 여자, 가영을 바라보곤 했다. 가영은 세호의 인격이나 정서적인 면을 좋아하지 않았고, 어떤 면에선 경멸하기도 했다. 세호 같은 남자는 자신의 인생에 아무 도움도 되지 않는다고 가영은 미리 단정짓고 있었다. 그래서 끊임없이 신경을 거스르는 세호의 존재는 번거로웠다. 그럼에도 계속해서 그가 신경쓰였고, 뜬금없이 그가 떠오르는 순간이 있어서 당황한 적도 있었다. 그렇지만 그게 사랑일 거라고 생각해보지 않았다. 건조한 날씨에 빈번한 정전기처럼 예상 밖의 불쾌한 경험, 그것이 세호라는 남자였다.

여자들로 하여금 한번 더 눈길을 주게 만드는 세호의 매력이 가영은 그의 외모에서 나오는 거라고 생각했다. 그런데 그것뿐만이 아니었다. 그건 본능적인 것이었다. 남자를 몰랐던 건 아니었다. 하지만 세호는 달랐다. 그 차이를 가영은 제대로 설명할 수가 없었다. 그건 어쩌면 기술적인 문제일지도 몰랐다. 가영은 세호로 향하는 마음을 멈추기 위해 생각해냈다. 그건 단지 쾌락일 뿐이라고. 그럼에도 어쩔 수 없는 건 자신이 그 쾌락에 깊이 빠져들고 있다는 것이었다. 그런데 이 쾌락이 세호 아닌 누구라도 자신에게 줄 수 있는 것인가. 그런 이유로 다시 오래전 폐기했던 사랑을 다시 끄집어냈다.

가영은 이 세상에 사랑은 없다, 라고 생각해왔다. 있어도 모른 척해야 한다고 생각해왔다. 사랑한다고 믿는 사람들이 가지는 그 믿음들을 가영은 신뢰하지 않았다. 사랑은 형태가 없고, 언제든 달라질 수 있는 것이기에.

그러나 세호를 통해 알게 된 그것은 선명한 것이다. 너무나 선명해서 잊히지 않는 것이다. 어쩌면 진짜 사랑은 이런 건지도 모른다고 가영은 생각했다. 그래도 세호를 사랑한다고 인정할 수는 없었다. 마음이나 머리와 별개로 몸만으로 존재하는 사랑이 있을 수 있을까. 게다가 세호는 가영을 사랑하지 않았다. 아니, 속마음이 어떻든 세호는 가영을 사랑한다고 말할 수 있는 사람이 아니었다. 그러므로 세호와 가영은 사랑하는 게 아니었다.

세호를 알게 된 후부터 가영은 언제나 두 가지 선택 앞에서 갈등하고 있다. 미래를 가진 남자와 현재를 가진 남자. 접혀 있던 지도를 이제야 펴는 느낌이다. 가영은 지금까지 접힌 지도만 보고 길 찾기를 한 것 같아 씁쓸하다. 그리고 어떤 사람에게는 그저 심심풀이에 불과할 보물찾기가 자신에게는 운명을 좌우할 것처럼 심각한 것이 처량하다. 그런데 지도는 이게 다인가. 더 접힌 부분은 없는 건가.

아침의 공항은 사람들로 북적인다. 어제 결혼식을 올린 것으로 보이는 신혼부부들의 모습도 보이고, 해외여행을 떠나는 중년부부의 모습도 보인다. 가영의 시선에는 자꾸 부부만 잡힌다. 행복해 보이는 부부. 나는 누구와 저런 모습으로 서 있게 될까? 가영은 아직도 확신이 서지 않았다. 가영이 아는 자신은 이런 것으로 망설여서는 안 되었다. 그건 가영이 살아온 시간과도 살아갈 시간과도 어울리지 않았다.

세호의 모습이 희미하게 안개처럼 떠올랐다.

"그런데 너 그 남자랑 결혼해서 행복할 거 같냐?"

"넌 내가 불행해졌으면 좋겠지?"

"어떻게 넌 날 그렇게밖에 생각 안 하냐?"

"그러는 넌, 날 얼마나 좋게 생각해서."

"나야, 널 좋게 생각하지. 그러니까, 너랑 결혼할 생각까지 했지."

"뭐?"

"그렇게 펄쩍 뛸 거 없어. 네가 이렇게 나오면 내가 불쾌하지."

"미쳤군."

"나도 내가 미쳤다고 생각해."

그렇게 말하는 세호를 보면서 가영은 어쩌면 세호가 진심을 말하고 있는 건지도 모른다고 생각했다. 그러나 둘 사이에는 진심이라든가, 사랑이라든가, 하는 그런 종류의 감상이 익숙하지 않았다. 그들의 관계는 출발부터 충동적이었다. 이성을 배제시킨 가운데 시작된 관계는 줄곧 술에 취한 것처럼 혹은 약에 취한 것처럼 혹은 미친 것처럼 진행되었다.

"결혼이 무슨 장난이니?"

"장난일 수도 있지. 그걸 뭘 그렇게 대단하게 생각해?"

"넌 매사가 이런 식이야."

결혼은 장난이 아니다. 비록 결혼한 부부 세 쌍 가운데 한 쌍이 이혼한다고 해도. 결혼은 한번 해보고 말 수도 있는 대단찮은 것은 아니다. 가영은 머릿속이 복잡했다. 도무지 진지한 구석이라곤 없는 세호의 이른바 청혼. 그건 어쩌면 윤곽이 점점 더 분명해지고 있는 고시생의 존재 때문인지도 모른다. 사내에서 입이 빠르기로 소문난 사원에게 가영은 일부러 고시생의 청혼을 암시했다. 세호의 존재를 떨쳐버리기 위함일 수도 있고, 자신 안에서 은밀히 번져가는 이롭지 못한 욕망과 단절하기 위함이기도 했다.

비행기는 안개 때문에 출발이 늦춰지고 있다. 그러나 가영의 마음은 급하지 않다. 못 가게 되어도 할 수 없다고 생각했다. 불가항력이라는 말이 있다. 그건 한낱 인간으로서는 도저히 어쩔 수 없는 일이란 뜻이었고, 가영은 불가항력이라는 말이 갖는 어쩔 수 없는 체념의 기운을 알고 있었다. 이건 불가항력이야. 이렇게 말함으로써 가영은 자신이 포기하기 어려웠던 희망을 깨끗이 접곤 했다. 아주 깨끗이, 꼬깃꼬깃 희망을 접는 일의 신성함, 그건 구원의 제물이 되는 느낌이었다. 자기 자신을 던져 자기 자신을 구원하는 일.

가영은 가방 속에서 아이팟을 꺼내 플레이 버튼을 눌렀다. 우울한 날씨와는 어울리지 않게 미국의 십대 소녀가 부르는 경쾌한 댄스음악이 흘러나왔다. 가영은 저절로 몸이 움직이는 것을 느낀다. 몸의 리듬을 거스르는 일은 얼마나 어려운가. 그리고 얼마나 어리석은가.

안개 때문에 예정시간보다 늦게 비행기가 출발한데다가 주말이라서 그런지 택시는 한 번도 제대로 쭉쭉 뻗어가지 못하고 가다 서다를 반복했다. 손님, 다 왔습니다. 흰머리가 검은 머리보다 더 많은 중년의 택시기사가 나직한 목소리로 가영을 깨웠다. 택시의 흔들림이 익숙해질 무렵 깜박 잠이 들었었나보다. 꽤 나온 택시비를 치르고 내린 가영은 커다란 건물을 바라보았다. 오늘 이곳에서는 과연 몇 쌍의 부부가 탄생할까. 그들은 자신들의 미래에 대해 확신할까. 그들은 정말로 사랑하는 사람들일까. 아니, 그들 중에서 진짜 사랑해서 결혼하는 사람이 몇 명이나 될까.

발걸음을 옮기던 가영의 앞으로 무언가가 툭 떨어진다. 택시가 출발할 무렵 꽂은 이어폰을 미처 빼지 못한 모양이다. 가영은 이어폰을 핸드백 속으로 집어넣었다. 음악은 이미 멈춘 지 오래였다.

일층의 로비로 들어서자 한복을 입은 사람들의 모습이 눈에 띄었다. 가영은 엘리베이터를 찾았다. 엘리베이터 앞에는 사람들이 모여 약간은 짜증나는 표정으로 웅성대고 있었다. 엘리베이터가 제대로 작동하는지 미심쩍어 보였다. 가영은 망설이다가 계단 쪽으로 걸음을 옮겼다. 삼층까지 오르며 시계를 보았다. 결혼식이 시작되려면 아직 이십 분 정도 여유가 있었다. 엘리베이터를 기다려볼걸 그랬나, 하는 생각이 잠시 스쳤지만 이미 늦었다는 생각이 앞섰다. 삼층으로 오르자마자 가영에게 익숙한 사람들이 하나둘 보이기 시작했다. 누군가 가영의 이름을 불렀다.

결혼식이 끝나고 신부와 신랑의 친구 들이 모였다. 중고등학교나 초등학교 친구도 있었지만 캠퍼스 커플답게 대학 때 친구들이 다수였다. 피로연답게 사람들에게 최대의 화제는 결혼이었다. 결혼하지 않은 사람들에게 결혼 안 해? 하고 묻는 게 여기선 예의에 벗어난 일이 아닌 것처럼. 가영은 사람들 앞에서 초라해 보이고 싶지 않았다. 그래서 가영은 일부러 의논하는 척하면서 고시생 이야기를 꺼냈다. 청혼을 받았는데 아직 결혼하겠다고 확실히 결정내린 건 아니라고. 역시나 사람들은 가영의 결혼상대에 대해 흥미를 보였다.

고시생에 대해 사람들에게 이야기하면서 가영은 자랑스럽다. 그가 아주 그럴듯한 인격을 갖춘, 나무랄 데 없는, 게다가 대단히 전도유망한 사람처럼 느껴진다. 실제로 그럴지도 모른다. 그러나 말로 설명되어질 수 있는 그 허울들을 벗겨놓은, 아무런 휘장도 없이 덩그러니 서 있는 그 남자에게도 사람들은 저런 눈길을 보낼 수 있을까.

자랑스럽게 말할 것이 바닥을 보일 즈음 가영은 화장실로 자리를 피했다. 세면대에서 손을 씻고 있는데 누군가 들어서는 기척이 느껴졌다. 새신부답게 화사한 정장을 차려입은 윤서였다. 윤서는 파우치에서 부스럭거리며 담배를 꺼내며 말했다.

"너도 피울래?"

"아니, 괜찮아."

윤서는 익숙한 몸짓으로 라이터를 켜서 담배에 불을 붙였다. 가영은 윤서가 언제부터 담배를 피우기 시작했는지 알지 못했다. 스무 살, 가영이 윤서를 알게 된 무렵에도 윤서는 이미 담배를 피우고 있었다. 가영은 윤서가 피우는 저 담배연기에서 자유의 향기와 방종의 불온함을 느끼곤 했다.

"담배 안 끊었니?"

가영이 윤서에게 물었다.

"끊었었지."

"다시 피우기 시작한 거야? 왜?"

"그냥."

아무 곳에서나 서슴없이 담배를 피워대던 윤서가 담배를 끊은 것은 대학 사학년이 시작될 무렵이었다. 그들에게도 예외 없이 취업에 관한 압박이 있었다. 윤서는 담배를 끊었고 도서관에 자리를 잡기 시작했다. 사회는 공정한 룰로 진행되는 페어플레이의 공간이 아니었다. 그들은 모두 사회의 문턱에서 얼마 정도 좌절의 쓴맛을 보아야 했지만 가장 많이 실패한 사람은 윤서였다.

"너, 그 남자랑 진짜 결혼할 거니?"

세 모금이나 피웠을까, 담배를 눌러 끄면서 윤서가 물었다.

"그건 왜?"

"아니, 그냥."

"그냥?"

"네가 나한테 했던 말이 기억나서. 정말로 가능한 일이고, 그 사실을 굳건히 믿고 있다면 여러 번 그렇게 힘주어 말할 필요 없다고 했던가. 나, 먼저 나갈게."

윤서는 그렇게 말하고 나가버렸다. 혼자 남은 가영은 거울을 보면서 생각했다. 결혼은 스카이다이빙이다. 죽을 각오를 하고 뛰어내려야 하는. 그러나 죽지 않을 것을 아는. 아주 심할 경우 죽음과 같은. 아니, 진짜 죽음인. 가영은 올해 안에 이 스카이다이빙을 끝낼 생각이다. 그래도 가장 안전해 보이는 착지장소를 고르는 수고만은 아끼지 않아야 하겠지. 뛰어내릴 것이다. 뛰어내려야 한다. 죽기보다 싫지만. 죽는 것보다 나을지도 모르니까.

여름휴가의 첫날 아침이다. 습관은 얼마나 무서운 것인지 매일 일어나던 그 시간에 가영은 정확하게 눈이 떠졌다. 가영은 매일 새벽 다섯시 삼십분에 일어났다. 바쁘게 종종거리기 싫었다. 하루 중 아침만이라도 여유를 갖고 싶었다. 그렇게 새벽에 일어나는 건 쉬운 일은 아니었다. 한계는 꼭 육 일이었다. 일요일이면 가영은 늘 점심때까지 늘어지게 잤다. 어떤 날은 일어나서 먹고 또 잤다. 정신없이 자고 알 수 없는 꿈을 연속으로 꾸고 나면 다시 일주일을 시작할 힘이 생기곤 했다. 가영은 잠도 일도 몰아서 하는 버릇이 있었다.

몸의 리듬은 오늘이 일요일이 아니라는 걸 알아채고 있었다. 잠은 이미 싹 달아나버렸다. 가영은 갑자기 어머니 생각이 났다. 막내까지 대학에 보내고도 어머니는 한동안 새벽밥하던 버릇을 버리지 못해서 일찍 일어나 좁은 마당을 서성거렸다. 가영의 집 좁은 마당에는 지금쯤 어떤 꽃이 피었을까. 농촌 출신인 어머니는 그 좁은 마당에 갖가지 꽃을 키웠다. 나팔꽃, 봉선화, 모란, 채송화, 금잔화, 천수국, 장미. 햇볕 드는 마당에 앉아 세 자매는 봉선화물을 들이곤 했다. 첫눈이 올 때까지 손톱 끝에 봉선화물이 남아 있으면 첫사랑이 이루진다는 말을 상기하고는 봄마다 마음이 들뜨곤 했다. 하지만 그들이 태어나고 자란 그 도시에는 눈이 오지 않았다. 가영이 이십 년 넘게 그곳에 사는 동안 쌓일 만큼 눈이 온 것은 두 번 정도였다. 못 가본 지 오래된 낡은 집의 정경은 기억 속에서 가끔 왜곡되었다.

아버지는 내년이면 정년퇴임이었다. 늙는다는 게 두려운 건 육체의 불편만이 아니다. 세상에서 그 사람의 자리가 점점 좁아진다는 것, 사람들이 그의 존재를 대신할 것들을 찾아내기 시작한다는 것에 있을지도 모른다. 대학교 사학년인 남동생은 세상에서의 아버지의 자리를 대신할 것이다. 그리고 그의 아내가 어머니의 자리를 대신할 것이다. 아니, 일하는 며느리를 얻는다면 어머니의 자리는 어쩌면 새롭게 시작될 것이다. 그건 과연 바람직한 일일까. 다른 시어머니와는 달리 어머니는 그 일을 반가이 받아들일 것이다. 아버지와 어머니는 반평생 계속되어온 그 습관으로부터 자유로워지기가 쉽지 않을 것이다.

북적대는 여름 휴양지가 싫어서, 매년 가영은 여름이 오기 전이나 여름이 끝날 무렵에 휴가를 냈다. 대부분의 사람들은 다른 사람이 쉴 때 같이 쉬고 싶어한다. 그래서인지 가영의 휴가일정은 다른 사람과 겹치지 않아서 늘 계획대로 되었다. 가영은 오늘부터 휴가이다. 그러나 실제로 어딘가로 떠나본 건 아주 오래되었다.

사회생활 초기에는 집으로 갔었다. 사람들은 가영이 고향집으로 간다고 하면 그걸 휴가나 마찬가지로 생각했다. 사람들의 생각 속에서 가영의 고향은 여름이 아주 잘 어울리는 바다가 있는 도시였다. 가영이 그 도시 출신이라고 하면 사람들은 집에서 바다가 보이느냐고 묻곤 했다. 바다가 보이긴 했다. 그러나 그 바다는 몇 분이면 달려갈 수 있을 만큼 가까운 거리는 아니었고, 가영은 그곳에 살 때에도 바다에는 잘 가지 않았다.

가영은 휴가 때마다 어딘가로 떠나고 싶기보다는 그저 쉬고 싶었다. 아무것도 하지 않고, 누구도 만나지 않고. 하지만 이번 휴가는 어딘가로 떠나고 싶다는 생각이 뭉클거리며 솟아나고 있다. 지난 금요일부터 세일이 시작된다는 백화점 광고를 신문에서 본 기억이 났다. 머리를 감기도 귀찮았다. 가영은 손가락으로 머리카락을 하나로 훑어 큰 핀으로 묶었다. 오렌지색 립스틱만 바르고 무작정 백화점으로 향했다.

가영은 백화점 지하의 음식코너로 갔다. 간단히라도 허기를 메워야 움직일 수 있을 것 같았다. 가영은 튀김과 떡볶이를 사가지고 자리에 앉아 깨끗이 먹어치웠다. 허기는 저만치 달아나 있었지만 만족스럽지는 않았다. 가영은 일층부터 차례차례 구경하기 시작했다. 수영복 코너에 발길이 머물렀다. 신제품인 수영복은 세일품목에서 제외되었다. 하와이나 발리, 사이판쯤이 아니면 어울릴 것 같지 않은 아슬아슬한 비키니였다.

"손님같이 몸매가 좋으신 분이 안 입으면 누가 이런 걸 입겠어요."

매장 직원은 아무나 입을 수 없는 특별한 수영복임을 강조했다. 가영은 생각했다. 이걸 입을 기회가 있을까. 입을 수 없다고 해도 이걸 사는 여자들이 분명 있을 것 같았다. 밀월여행 운운하던 세호가 생각났다. 가영은 직원에게 신용카드를 내밀었다. 수영복의 선명한 흰색은 눈이 부셨다. 원초적이고 야만적인 태양처럼.

"안녕하세요."

골목 쪽으로 접어드는데 뒤에서 누군가 종종걸음으로 다가와 가영에게 인사를 건넸다. 가영은 얼떨결에 고개를 숙이긴 했지만 아는 얼굴은 아니었다. 화장기 없는 새하얀 얼굴에 입술이 불그스레한 젊은 여자였다.

"저기요. 저 건물에 사시죠."

여자는 가영의 집이 있는 그 건물을 손가락으로 가리켰다. 가영은 가볍게 고개를 끄덕였다.

"저도 거기 살아요."

"네."

"오늘은 출근 안 하시나봐요."

말이 많은 여자는 가영의 옆에 꼭 붙어서 그렇게 종알거렸다. 건물까지 도착해서 좁은 계단을 올라 각자의 열쇠로 문을 따고 들어서는 그 짧은 시간 동안 가영은 여자의 신랑이 매우 바쁜 사람이라는 것과 여자가 결혼 전에는 비서로 일했다는 것과 여자가 가영의 옆집, 그러니까 안쪽 집에 산다는 것을 알아야만 했다. 자신의 집으로 들어가 문을 닫고 혼자가 되었을 때 가영은 참 이상한 여자라고 생각했지만 그 짧은 시간 동안 그 여자는 벌써 가영에게 낯선 여자가 아니게 되었다. 천성일 수도 있지만 왠지 그 여자에겐 어머니를 연상시키는 부분이 있었다. 어떤 여자건 그 사람이 여자라는 이유만으로 금방 친해지는 그런 여자. 시장에서 반찬거리를 사다가도, 목욕탕에서 등을 밀어주다가도 어느새 아는 사이가 되어버리는 건 어머니의 재주였다.

잠시 후 문을 똑똑 두드리는 소리가 났다.

"저기요. 수제비 좋아하세요? 제가요, 수제비 할 건데 그런 건 조금 하면 맛이 없거든요. 같이 드셨으면 좋겠어요."

가영은 그러겠다고 했다. 거절할 적절한 핑계가 떠오르지 않기도 했고, 또 배가 고프기도 했다.

여자의 집은 가영의 집과 거의 같은 넓이의 작은 집이었지만 없는 것이 없었다. 식탁도 있고, 작은 소파도 있고, 가전제품도 두루두루 갖추고 있었다. 냉장고에는 사진과 메모가 예쁜 자석으로 고정되어 있었다. 소꿉놀이를 연상시키는 집이었다.

거기 좀 앉으세요, 하면서 여자는 식탁을 가리켰다. 가영은 두 개의 의자 중 여자를 볼 수 있는 쪽에 앉았다. 곧 김이 모락모락 나는 수제비가 놓였고 여자가 가영의 맞은편에 앉았다. 아삭아삭한 김치는 담근 지 얼마 되지 않은 것임에 틀림없었다. 많아야 가영의 나이이거나 서너 살은 아래일 게 분명한 여자가 김치를 담글 수 있을 거라고는 생각되지 않았다. 설사 여자가 김치를 담글 수 있다고 해도 그건 신혼부부 두 사람을 위해 하기에는 번거로운 일일 것이다. 이 김치는 여자의 친정어머니 솜씨일까, 시어머니의 솜씨일까. 아니면 어디선가 사온 것일까.

"김치가 맛있네요."

"옆집에 사시는 할머니가 주신 거예요. 그 집에는 할머니 한 분이 혼자 사세요."

여자는 가영의 또다른 옆집에 대해 말하고 있었다. 자식들 결혼시키고 혼자 사시는 할머니인데 자식들 집에 보낼 김치 담그면서 그녀에게도 좀 나눠줬다고 했다. 그러면서 할머니가 자식들 집에 가 있는 날도 많아서 집을 비울 때가 많다고 하면서, 그럴 걸 뭐하러 따로 사는지 모르겠다고 했다. 자기 짐작에는 할머니가 손자들 키우기 싫어서 그러시는 것 같다고 했다. 한편으로는 할머니가 이해가 가지만, 며느리나 딸이 만약 직장에 다닌다면 아이들은 어떻게 해야 하느냐고 했다. 그런 복잡한 걱정이 싫어서 자기는 아예 직장을 그만뒀다고 했다.

여자가 그 많은 이야기를 하는 동안 가영은 가끔 네, 하고 호응을 해주었을 뿐, 묵묵히 수제비를 먹었다. 여자는 음식 솜씨가 좋은 듯했다. 국물은 깔끔하고 시원했고, 건더기는 쫀득쫀득했고, 감자와 호박은 적당히 익었다.

"좀더 드실래요?"

가영이 숟가락을 놓자 여자가 물었다.

"아니요. 맛있게 잘 먹었어요."

그만 일어설까, 하면서 보니 여자의 그릇에는 아직 수제비가 남아 있었다. 그만큼 먹은 것도 다행이었다. 끊임없이 떠드느라 음식 삼킬 여유가 있었을까 싶었다. 여자는 그릇을 치우더니 차 한잔 마시자고 했다.

"커피 괜찮으세요? 더울려나. 참, 냉커피 타면 되겠다. 아니면, 주스도 있는데."

"뜨거운 커피가 좋아요."

"커피 어떻게 드세요?"

"설탕만 두 스푼 넣어주세요."

여자는 가영의 앞에는 커피잔을, 그리고 자신의 앞에는 녹차잔을 놓았다. 가영은 여자가 임신을 한 게 아닌가 하는 생각이 들었다.

"혹시 공포영화 좋아하세요?"

여자가 우러나온 티백을 건어내며 가영에게 물었다.

"네?"

"벽이 얇잖아요. 비명소리 다 들려요. 처음에는 그게 영화인 줄 모르고 얼마나 놀랐는 줄 몰라요."

"죄송합니다."

"아니요. 괜찮아요. 저희 쪽 소리도 장난이 아닐 텐데요, 뭐."

여자는 씩 웃었다. 이럴 때 뭐라고 하면 좋을까. 여자처럼 괜찮다고 해야 하나. 그러나 가영은 여자의 집 쪽에서 나는 어떠한 소리도 들은 기억이 없었다. 신경을 쓰지 않아서일지도 모르고, 틈만 나면 귀에 꽂는 이어폰으로 흘러나오는 음악 덕분일지도 모른다. 앞으로 공포영화를 볼 때는 소리를 낮추어야겠다는 생각을 했다. 그러나 이어폰을 끼고 공포영화까지 보고 싶지는 않았다. 그 끔찍한 비명소리를 혼자서 견뎌내는 일은 내키지 않았다.

"무슨 소리 나지 않아요?"

"글쎄요."

"휴대폰 벨소리인 것 같은데."

확실히 귀가 밝은 여자가 틀림없었다. 그렇게 생각하고 들으니 그건 가영의 휴대폰 벨소리처럼 들렸다.

"급한 전화 아니에요? 가서 받으시죠."

"아니에요."

그렇게 덤덤히 말은 했지만 가영은 어느새 초조해지고 있었다.

집으로 돌아와 가영은 휴대폰을 확인했다. 부재중 전화 한 통, 그리고 문자메시지가 와 있었다. '휴가지? 만나자. 우리.' 세호였다. 세호는 어제 출근하지 않았다. 아버지가 많이 편찮으시다는 이유였지만, 지금 문자로 봐서 아버지가 위독하시다는 건 핑계였을지도 모른다. 필요하다면 어떤 끔찍한 거짓도 태연하게 말할 수 있을 사람이 세호였다.

다시 벨이 울린다. 세호였다.

"너한테 가고 있어. 기다려."

"내가 어디 있는 줄 알고 나한테 온다는 거야. 나, 휴가중인 거 몰라?"

"거기 어디야? 할 말 있어."

"난 들을 말 없어."

가영은 세호의 전화를 끊었다. 어디론가 갈 것이다. 어디론가? 어디로? 가영은 지효에게 전화를 걸었다.

"윤서 집에 모이는 거 모레라고 했지. 나, 시간 맞춰 갈 수 있을 거야."

전화를 끊고 가영은 생각한다. 돌아간다. 나의 다정한 친구들을 만날 수 있는 곳으로. 그러니 견딜 수 있을 것이다. 나는 아무렇지도 않을 것이다. 흔들리지 않을 것이다. 흔들리면 지는 것이다. 나는 절대로 지지 않을 것이다. 절대로. 무슨 일이 있어도 지지 않을 것이다.

사위를 분간할 수 없는 어둠의 시간이 자신의 주위를 감싸고 있음을 깨닫지도 못한 채 가영은 한참을 있었다. 가영은 손을 뻗어 스위치를 켰다. 언제 갈아 끼웠는지 모를 형광등은 오랫동안 깜박거린 후에야 켜졌다.

가영은 약속된 윤서의 집들이에 가지 않았다. 아니, 가지 못했다. 결국 세호를 따라나섰다. 한번쯤 그런다고 달라질 건 아무것도 없었다. 그러나 한 번도 그러지 않고 아무것도 달라지지 않은 채로 아무렇지도 않은 것처럼 살아낼 자신은 없었다. 언젠가 윤서가 말했었다. 저질러보면 세상이 달라 보일 거라고. 엎어지고 깨지고 부서지면 그 의미가 단순해진다고. 안 해보고 후회하는 것보다는 해보고 후회하는 게 낫다는 말을 윤서는 그렇게 자기 방식으로 말했다.

가영은 며칠 동안 세호의 집을 떠나지 않았다. 첫날 다정한 신혼부부처럼 마트에 가서 사온 음식 재료들은 그대로 냉장고에서 말라가고 있었고, 투입구로 들어온 신문은 접힌 그대로 현관에 널려 있었다. 그들은 밥을 해먹지도 청소를 하지도 않고 신문도 텔레비전도 보지 않고, 오직 둘만의 시간을 보냈다. 시간이 정지한 것처럼 보이기도 했고, 아주 순식간에 흘러가버린 듯 느껴지기도 했다.

세호가 퇴근하길 기다리다가 가영은 저녁밥을 하기 시작했다. 말라붙어가는 채소를 겉부터 벗겨냈다. 속으로 들어갈수록 그런대로 먹을 만한 부분들이 있었다. 냉동실에서 꽝꽝 언 고기는 전자레인지로 급하게 해동시켰다. 평생 이러고 사는 것도 나쁘지 않다는 생각이 얼핏 들면서 가영은 어머니 생각이 났다. 어머니의 그 무한한 노동력의 근원을 알 것도 같았다. 이 남자와 나의 아이를 낳고, 그들의 입으로 음식이 들어가는 것을 보는 것으로 하루의 노고가 싹 가실 것 같은 기분. 그러면서 또 한편으로 생각했다. 이런 착각은 유효기간이 얼마나 되는 걸까.

퇴근을 한 세호는 차려진 식탁을 보고 아무 말도 하지 않았다. 가영은 조금 서운했다. 세호는 가영이 차린 간소한 식사를 깨끗이 먹어치웠다. 국물 한 방울도, 밥 한 톨도 남기지 않고. 그리고 일어나 설거지를 했다.

"팀장님한테 혼났구나. 그러게 왜 출근을 안 해?"

"다 너 때문이야."

"내가 언제 너더러 출근하지 말랬어?"

"……"

"……"

"……나, 결혼해."

처음에 가영은 세호의 그 말이 무엇을 의미하는지 이해하지 못했다.

"결혼이라니?"

"나, 결혼한다구."

"누구랑?"

가영은 태연해지려고, 아니 태연해 보이려고 애썼다.

"너랑은 아니야."

"축하해. 그렇지만 청첩장은 보내지 마."

"그래, 그러지."

그런 고백이 아무것도 의미하지 않는 사람들처럼, 아무것도 달라지게 할 수 없는 사람들처럼 둘은 그날 밤을 보냈다. 휴가는 끝났고, 가영은 다시 회사에 출근하기 시작했다.

가영이 사는 건물 앞에 사람들이 모여서 웅성거리고 있었다. 가영이 그냥 집 건물로 들어서려는데 오가다 본 적이 있는 같은 건물에 사는 중년의 여자가 가영을 붙잡았다.

"삼층 안쪽 집 색시가 죽었다는구만."

"예?"

"죽은 지 한참 됐대."

오랫동안 여자를 보지 못했다. 중년 여자는 가영에게 여자가 임신까지 했었는데 사귀던 남자에게 버림받았다는 얘기를 마치 드라마 내용을 요약해주는 것처럼 들려주었다.

"옆집인데 아무 소리도 못 들었어?"

가영은 아차 싶었다. 그 신음소리…… 아주 오랜 끈질긴 신음소리. 가영은 이어폰으로 귀를 막았었다. 사람들의 생각처럼 그 죽음은 갑작스럽거나 충동적인 것이 아니었을지도 모른다. 여자는 치밀하게 계산했을 것이다. 옆집의 할머니가 자식네 집에 가는 날을. 그리고 가영을 불러내어 수제비를 먹이면서 일부러 소리에 대해 이야기했을지도 모른다. 죽음을 위한 작전은 완벽했지만 그 죽음의 이유는 어설프다고 가영은 생각했다.

신파군, 신파. 가영은 그렇게 중얼거렸다. 사랑이 목숨을 버릴 정도로 소중한 것인가. 당신, 어리석었어. 그렇다고 그 남자가 눈 하나 깜짝할 거 같아. 그 남자는 아마 당신이 죽어버려서 한 짐 덜었다고 생각할 거야.

9월이지만 날씨는 여름 같았고, 더위에 빠르게 부패한 여자의 시신이 실려 나갔다.

"그나저나 아가씨, 무섭겠구만."

웅성거리며 모여 있던 사람들이 흩어지면서 가영에게 말했다. 가영은 집으로 들어가지 않고 돌아서 나왔다. 그리고 휴대폰을 꺼내 전화를 걸었다. 고시생은 공부에 방해가 된다고 휴대폰을 꺼놓았다. 가영은 모든 걸 내팽개치고 달려나와줄 누군가의 번호가 생각났지만 걸지 않았다.

지금쯤 여자의 잘 차려진 살림살이들은 어떻게 되었을까. 가영은 실감이 나지 않았다. 여자는 타인이었다. 따뜻한 한 끼를 나누어 먹고, 그녀의 집을 들락거리고, 그녀의 이야기를 들어주었다고 해도, 그리고 일 년여를 벽이 얇은 옆집에 살아왔다고 해도 여자는 타인이었다. 눈물을 흘릴 아무런 이유도 없었다. 어두운 밤마다 이 좁은 복도 계단을 어슬렁거리는 그 여자의 유령을 본다고 해도 가영은 하나도 무섭지 않을 것이다. 그리고 그 여자가 서성거리게 될 곳은 아마 이곳이 아닐 것이다. 여자의 유령은 목숨보다 사랑했던 그 남자의 등허리쯤에 딱 달라붙어 있을 것이다.

가영은 언니의 집으로 갔다. 새로 지은 사십오 평 아파트는 산뜻했다. 어릴 때부터 어른들의 칭찬을 받았던 언니는 시부모님들의 사랑도 독차지하고 있다. 시어머니는 일 나가는 며느리를 위해 기꺼이 아이를 키우고, 아이를 키우느라 애쓰는 시어머니에게 언니는 용돈을 듬뿍 안긴다. 그러는 며느리가 예뻐서 시아버지는 언니를 불러내 맛

있는 것을 사주고 시어머니는 같이 쇼핑을 하면서 언니에게 선물도 사준다. 언니는 올해 박사과정에 진학했다.

"언니는 공부하는 게 좋아?"

"글쎄다. 잘하는 게 그것밖에 없었으니까. 솔직히 말해서 내가 너처럼 예뻤다면 공부를 지금보다는 못했을지도 몰라."

언니는 못생기지 않았다. 단지 가영보다 예쁘지 않았을 뿐이다. 가영은 때로 억울했다. 언니가 책을 들여다보는 시간만큼 가영은 거울을 들여다보았다. 언니의 책은 언니의 장점을 격려해주었지만 가영의 거울은 가영의 열등감을 자극했다. 가난한 교사의 첫째 딸이었던 언니는 공부를 잘하는 것밖에는 세상을 살아갈 방법이 없다는 것을 알고 있었던 것이다. 그것만이 세상살이의 불안을 이겨내고, 존재의 자부심을 지키는 방법이라는 것을. 공부밖에 몰랐던 언니는 결국 그것으로 자신의 기반을 마련했고, 그 기반으로 점점 더 세상을 향해 넓게 나아가고 있다.

가영은 오늘 처음으로 언니에게 고시생의 존재를 얘기했다. 언니는 가영보다 세상을 많이 살았지만 어머니처럼 세대 차이가 나지도 않았고, 무엇보다 현실과 이상을 조화시킬 줄 아는 사람이었다. 언니가 뭐라고 조언을 한다고 해서 그걸 전적으로 받아들일 마음 같은 건 없었다. 그저 언니 같은 사람들에게 이 남자가 어떻게 보여질지 알고 싶었을 뿐이었다.

"그래서 그 남자랑 결혼할 거니?"

"모르겠어."

"모르겠다니? 부모님 뵙자는 얘기까지 나왔다면서. 그런데 너, 그 사람 얘기 왜 이제 하는 거니?"

"그냥."

"혹시 그 남자가 마음에 안 드는 거니?"

"그런 거 생각 안 해봤어."

"결혼을 하게 될지도 모르는데 생각 안 해봤다니, 무슨 말이야?"

"사람을 보기 전부터 그 사람이 가진 조건이 괜찮아서 그래서 만났던 거고 지금도 그래. 그 남자가 마음에 드는지 안 드는지는 생각 안 해봤어. 생각하기 싫어. 그냥 그 사람을 알기 전부터 마음에 들었던 그것들이 여전히 마음에 들 뿐이야."

"쉽지는 않구나."

"그래, 쉽지는 않아."

"넌 어릴 때부터 그랬어. 결정하는 데 오래 걸렸잖아."

다 자란 지금의 키는 가영이 제일 크고 그다음이 여동생, 그리고 언니 순이지만, 자라면서 그들의 키는 앞서거니 뒤서거니 비슷했다. 부모님은 언제나 다른 물건을 사왔다. 똑같았다면 아무 문제도 없었을 것이다. 가영은 이것을 가지면 저것이 좋아 보였고, 저것을 가지면 또 이것이 좋아 보였다. 다 가질 수 있어서 그런 갈등이 없길 바랐다. 그러나 이것이 가영에게 그런 갈등은 필요 없다. 가영은 다 가질 수 없다는 것을 안다. 가질 수 있는 것 가운데 최고로 좋은 것, 혹은 절대로 포기할 수 없는 것을 가지면 된다. 그는 그런 것을 가영에게 줄 수 있을 것이다.

"잘 생각해. 그 남자 조건 좋은 건 알겠는데, 그 조건이 다는 아니야."

결혼은 대학입시 같은 거라고 가영은 생각했다. 어떤 사람은 그것에 아무런 가치를 두지 않을 수도 있고, 그러나 웬만하면 모든 사람이 치러야 할 것으로 생각하는, 그렇지만 그것만으로는 아무것도 해결될 수 없는. 선택을 할 때는 단순하다. 점수에 맞추어야 하며, 경쟁자들을 생각해야 하며, 미래의 가능성을 고려해야 한다. 그리고 무엇보다 경제적인 사정을 고려하지 않을 수 없다.

가영은 회사의 누군가가 말하는 것을 들었다. 세호가 부친상을 당했다는 것을. 그리고 또 며칠이 지난 후 들었다. 세호의 사직서가 접수되었다는 것을.

가영은 며칠 전 찾아왔던 신세호의 여자를 떠올렸다. 퇴근 무렵 전화를 받았지만 가영은 그녀를 마주해야 할 이유가 없다고 생각했다. 그래서 정중히 사양했는데 여자는 회사 앞에서 진을 치고 가영을 기다리고 있었다. 머리끝에서 발끝까지 명품 브랜드로 휘감은 여자였다.

"난 오빠를 오랫동안 사랑했어요. 태어나서 지금까지 오직 한 사람만을 사랑한 거죠. 그런데 뭐죠? 당신이란 여자가 갑자기 나타나서 내 사랑을 엉망으로 만들어버렸어요."

"이봐요. 이런 얘기는 나하고 할 얘기가 아니에요. 난 신세호씨 때문에 내 인생을 바꿀 생각이 없는 사람이에요."

여자는 눈이 번쩍 뜨이는 아름다운 얼굴을 가지고 있었다. 그 아름다운 얼굴 때문에 가영은 그냥 거기까지 갔다. 여자의 얼굴을 좀더 자세히 오래 보고 싶은 마음이 생겼기 때문이었다. 가까이 마주앉고 보니 상대는 가영보다 한참 어린, 스물대여섯 정도의 여자애였다. 그리고 그 아름다운 얼굴은 정교한 솜씨로 성형수술한 얼굴이었다. 어딘가 어색하다고 느꼈던 건 그 얼굴이 세상의 미의 기준에 맞춰 코를 높이고 쌍꺼풀을 만들고 턱을 깎은, 만들어진 얼굴이었기 때문이었다. 여자의 얼굴은 얼마짜리일까 가영은 궁금했다.

"그래요. 당신은 오빠 때문에 아무것도 바꾸지 않을 거라고 했어요. 그런데도 오빠는 당신 때문에 모든 것을 바꿀 거예요."

너무 당돌해서 사람을 당황하게 만드는 여자였다. 그 나이 때는 누구나 그럴지도 모른다. 아니, 그 나이 때 세상 사람들이 한번쯤 돌아볼 얼굴을 가진 여자는 그럴지도 모른다. 가영도 그 나이 때 그랬다. 자신이 사랑하는데 자신을 사랑하지 않는 남자가 있을 수 있다는 걸 몰랐다. 게다가 그 남자가 사랑하는 게 나보다 못한 여자라는 건 나에 대한 모욕이었고, 어찌해서든 바꾸어야 할 상황이었다. 여자는 지금 상황이 자신에게 불리하다는 걸 모를 것이다. 가영은 아무것도 모르고 있었다. 신세호에 대해, 신세호가 가지고 있다는 그 사랑에 대해. 사랑은 경쟁자의 존재 때문에 더 투명해지고 뚜렷해진다.

"당신이 태도를 좀더 분명히 해주면 좋겠어요."

"내가 태도를 분명히 하면 당신한테 뭐가 달라지죠. 당신 말대로라면 신세호씨와 당신 관계는 나 때문에 달라진 게 아무것도 없는 거 같은데. 특히 당신 사랑은 신세호씨 의사와는 관계없이 존재하는 거 아닌가요?"

가영은 지고 싶지 않았다. 이 애송이한테 밀릴 수 없다고 생각했다. 여자의 푸르른 청춘에, 오만한 사랑에 회복할 수 없는 상처를 입히고 싶었다.

가영은 고시생의 가족들을 만나기로 했다. 아버지의 건강이 좋지 않아서 막내아들의 혼사를 서둘러 끝맺고 싶어하신다고 했다. 급한 대로 약혼식만이라도 하고, 그가 고시에 합격을 한 후에 결혼식을 치르자고. 여전히 아무것도 아닌 상태에서 결혼을 하는 건 그의 자존심이 허락하지 않았는지도 모른다. 마흔 살이 다 되도록 단 한 번도 자신의 손으로 자신의 생계를 책임져본 적 없는 사람, 그럼에도 불구하고 가족의 희망이었던 사람, 그는 그런 사람이었다.

가영은 그와 함께 도박을 하기로 했다. 잘못되어 그가 잃을 것들은 수많은 것들이겠지만 가영이 잃을 것은 별로 없었다. 가영은 이미 계산을 끝냈다. 이 세상에서의 시간이 얼마 남지 않은 그의 아버지는 막내아들에게 앞으로 자신의 손으로 한 푼도 벌지 않는다 해도 살아가는 내내 쓰고도 남을 재산을 남겨줄 것이다. 그리고 그는 그 돈으로 모험을 할 만한 배짱도 없는 사람이다. 그러므로 가영의 미래는 안전할 것이다.

"나는 네가 한번쯤 연락해줄 거라고 생각했다."

가영은 세호를 무시하고 열쇠를 꺼냈다. 미동도 하지 않는 마음과는 달리 손이 덜덜 떨리고 있었다. 열쇠를 꼭 쥐었다가 폈다가 열쇠구멍에 꽂고 돌렸다. 철커덕, 낡고 오래된 철문에서 나는 소리가 조용한 복도의 끝까지 번져갔다. 아무것도 보지 못한 사람처럼 가영은 문을 열고 오른발을 들여놓았다.

"마지막이다. 마지막. 그래도 안 되겠니?"

소금을 뿌린 것처럼 가슴이 아려왔다. 이젠 쓰라릴 마음도 남아 있지 않다고 생각했었는데. 가영은 왼발마저 문 안으로 들여놓고 뒤돌아보지 않았다. 철커덩 철문이 닫히는 소리가 났다. 어둠 속에서 좁고 가파른 계단을 올라가는 것이 가영에게는 어렵지 않았다. 뒤에서 따라오는 저 남자가 이 계단을 무사히 올라올 수 있을지 걱정이 되었다. 그러나 돌아보지 않았다.

"아버지가 돌아가셨어. 그게 무얼 의미하는 거냐 하면 게임이 끝났다는 뜻이지. 우리 어머니와 아버지의 다른 여자들 사이의 지루한 게임이. 아버지는 더이상 유언장을 바꾸어 쓰실 수 없으니까. 우리도 게임을 끝내자."

"난 당신과 끝낼 게 아무것도 없어."

"무슨 뜻인지 모르겠어? 참 말귀를 못 알아듣는 여자군. 처음이나 지금이나. 난 네가 생각하는 그런 하찮은 인간이 아니야."

"아니. 당신은 처음이나 지금이나 똑같아. 아무것도 달라지는 것 없어. 당신은 처음부터 지금까지 쭉 아무것도 아니야."

"그래, 처음 날 볼 때의 네 눈을 기억해. 무슨 벌레를 보는 듯했지. 그래서 너한테 관심이 갔어. 다른 여자들처럼 똑같이 나를 대하게 만들고 싶었어. 성공한 줄 알았는데 아니었나?"

"난 이미 약혼을 했어. 당신도 사정이 비슷한 걸로 아는데."

"입장이 달라졌다고 말하지 않았나?"

"내 입장은 하나도 달라지지 않았어."

"그 남자를 사랑하니?"

"사랑? 그게 뭔데?"

아쉬운 것이 아무것도 없다고는 말할 수 없다. 이를테면 비 오는 날 그가 손을 펼쳐 비를 가려주던 것이며, 허물처럼 벗어둔 그의 옷에서 풍겨나던 향수 냄새며, 그의 침대에 누워서 맞이하던 주홍빛으로 밝아오던 아침하늘과 그가 만들어주던 커피 그리고 그의 살결의 부드러운 촉감 같은 것들. 그렇지만 너무 늦었다. 이미 너무 늦어버렸다.

세호가 다른 사람이 되었고, 그리고 가영의 곁으로 돌아왔다고 해서, 모든 것이 깨끗이 해결되는 건 아니었다. 그러나, 약혼을 깨는 건 결혼을 깨는 것보다 쉬울 것이다. 지금 말하는 것이 결혼식장에서 뛰쳐나오는 것보다는 나을 것이다. 가영은 그렇게 생각하기로 한다. 그렇지만 막상 부모님께 그 이야기를 꺼내는 건 쉽지 않다.

가영의 결혼식이 있던 날은 삼십오 년 만에 기록적인 폭설이 내린 날이었다. 항공기가 결항되었고, 눈에 익숙하지 않은 차들이 사고를 냈고, 많은 대중교통이 눈길에 아예 운행을 포기하고 말았다. 눈 때문에 결혼식의 하객은 대폭 축소되어서 넓은 호텔연회장은 빈자리가 많았다.

"가영이 신랑 언제 사법고시에 합격한 거야?"

주례사를 듣던 윤서가 지효에게 작은 목소리로 말했다. 지효는 가영에게 그런 얘기를 들은 적이 없었다.

"신랑이 연수원에 들어가기 전에 결혼하는가봐."

지효가 이제야 이해가 된다는 듯이 말하자, 윤서가 말했다.

"거기가 들어가면 다시는 못 나오는 감옥이니?"

"그걸 우리가 어떻게 알 수 있겠니?"

하객들에게 인사를 하기 위해 돌아선 가영 부부를 보면서 지효가 말했다.

식을 마치고 나올 때까지도 여전히 눈이 내리고 있었다. 강우는 다른 약속으로 먼저 갔고, 윤서와 지효는 윤서네 집으로 가기로 했다.

"무슨 눈이 이렇게 많이 오니?"

윤서가 내리는 눈을 피해 코트 깃을 감싸며 투덜거렸다.

"벌써 지겨워지려고 한다."

쌓인 눈을 보며 지효가 말했다.

가영의 결혼식은 윤서의 결혼식보다 성대하고 준비도 완벽했지만 사람을 불편하게 만드는 무엇이 있었다. 모두들 그게 날씨가 추워서라고, 게다가 느닷없이 내린 눈 때문이라고 생각하고 싶어했다. 가영은 결혼식 내내 한 번도 웃지도 울지도 않았다. 다들 신부가 예쁘다고 야단이었지만 가영은 얼음공주처럼 가만히 그리고 꼿꼿이 서 있었다.

눈 때문에 다음날 밤이 되어서야 신혼여행을 떠날 수 있었다. 예정보다 하루가 늦어졌지만 계획대로 여섯 시간 십오 분 걸려 싱가포르에 도착해서 하룻밤을 보내고 다시 네 시간 이십오 분 걸려서 몰디브의 말레 국제공항에 도착했다. 리조트까지는 보트로 이동했다. 늘 꿈꾸던 천국 같은 휴양지에 왔지만 가영은 감기에 걸려 꼼짝도 못하고 있었다. 남편은 가영을 귀찮게 하지 않고 혼자 나가서 식사도 해결하고 나름대로 지냈다. 처음 안 사실인데 그는 혼자 지내는 게 별로 불편하지 않은 사람인 것 같았다.

결혼을 한 첫날 저녁 눈 때문에 갇힌 시내의 한 호텔에서 남편은 이야기했다. 그가 대학을 입학하던 해에 죽은 한 청년의 죽음이 자신에게 던진 충격에 대해서, 도서관에 처박혀 법조문과 씨름하면서 세상과 거리를 둘 수밖에 없었던 부채감에 대해서, 그리고 사형제도의 부당함에 대해서. 가영은 남편의 이야기를 들으면서 생각했다. 나는 이 사람과 결혼하지 말았어야 했다고.

가영은 남편을 존경할 수도 있을 것 같았다. 그 존경이란 것이 세상 사람들이 그에게 갖게 될 것과 크게 다르지 않을 것임도 알았다. 가영은 결코 남편을 사랑할 수는 없을 것 같았다. 이렇게 좋은 사람을, 이렇게 착한 사람을 사랑할 수 없는 죄책감에 시달릴 것 같았다. 그런 죄책감은 어색한 남의 옷처럼 빌려 걸친 보석처럼 가영을 내내 불편하게 할 것 같았다.

신혼여행의 마지막 날이었다. 남편은 혼자서 스킨스쿠버 다이빙을 하러 갔다. 아픈 가영을 두고 가기 뭐하다고 했지만 가영은 남편의 등을 떠밀었다. 사실은 혼자 있고 싶었다. 앞으로도 내내 남편은 가영을 혼자 둔 것을 미안해하겠지만 가영은 그게 오히려 다행일 것만 같은 생각이 들었다. 가영은 침대에 엎드린 채 관광안내서를 보았다.

몰디브는 인도양을 가로지르는 적도 한가운데 흩뿌려진 천백구십여 개의 섬들이 모여 공화국을 이루고 있다고 한다. 이 섬들 중 사람이 사는 섬은 이백여 개이고, 이중 팔십여 개가 리조트로 개발되어 있다. 이 보석 같은 섬들은 해저에 있는 산맥이 솟아서 형성된 것으로 점점 가라앉고 있어서 가까운 미래에는 바닷속으로 사라질 전망이라고 한다.

점점 가라앉고 있어 가까운 미래에는 사라질지 모를 지상 위에서 가영은 밭은 숨을 쉬면서 사무치게 사랑을 그리워한다. 몸이 기억하고, 심장이 기억하는 그. 가라앉고 있다. 사라질 전망이다. 가영은 몇 번이고 그 문장을 다시 읽고 또 읽고 있었다.

트럭 운전사는 사십대의 성실한 가장이었다. 그는 늘 하던 대로 그 언덕배기에 트럭을 대고 짐을 내렸을 뿐이라고 했다. 트럭이 미끄러져내리리라고는 상상도 하지 못했다고, 그는 늘 하던 대로 했다고 중얼거렸다. 트럭이 후진하여 언덕배기를 내려와 한 여자의 몸을 깔아뭉갤 때까지 운전사는 아무것도 알아채지 못했다. 삼층 사무실에 짐을 부려놓고 층계를 내려와 건물 앞에 서서 졸린 눈을 비비고 나서야 트럭이 사라진 걸 알았다.

그들이 연락을 받고 도착했을 때는 이미 모든 과정이 끝난 후였다. 부서진 가영의 몸은 화장되어 유골함에 곱게 담겨 있어서 이 느닷없는 소식은 더욱더 실감되지 않았다. 지효와 윤서는 소풍 나온 아이의 숫자를 세듯 서로의 얼굴을 바라보면서 한 사람의 부재를 확인할 수밖에 없었다.

"사람은 죽으면 별이 된다던데."

"그런데 별이 사람보다 많니?"

"글쎄."

"그런 건 가영이한테 물어봐야 하는데."

지효와 윤서는 뜬금없이 현실감이라고는 없는 그런 말들을 주고받고 있었다. 가영이 어릴 때 장래희망이 천문학자였다고 했던 것을 그들은 기억해냈다. 가영은 반짝이는 별이 좋았다고 했었다. 천체망원경이 갖고 싶다고 했었다. 가영은 끝내 자신만의 천체망원경을 갖지 못했다. 그들도 가영처럼 잊고 지내며 사는 것들이 있었다.

장례식이 끝나고 두 달도 넘게 지난 어느 날 가영의 남편은 지효와 윤서에게 만나고 싶다는 연락을 해왔다. 친구의 남편, 이제는 죽은 친구의 남편이 되어버린 그를 그들은 결혼식과 장례식에 이어 세번째 만났다.

그가 말했다.

"아내는 언제나 음악을 들었어요. 죽는 순간에도 음악을 듣고 있었죠."

가영은 사고가 나던 그때에도 이어폰을 귀에 꽂고 있었다고 했다. 그 때문에 소리를 듣지 못했고, 그래서 트럭을 피하지 못했다고 했다. 사고 현장 부근에는 가영의 핸드백이 떨어져 있었고, 구급대원은 그 핸드백을 열고 가족에게 연락했다. 그리고 그 핸드백은 유품이 되어 그대로 남편의 손에 전해졌다.

"난 보지 않았어요. 제가 그럴 자격이 있을까요. 미안해요. 이런 부탁 해서. 그냥 버릴 수도 없고, 가지고 있을 수도 없어서."

그는 가영이 죽는 순간까지 듣고 있었다던 아이팟을 지효와 윤서에게 건넸다. 그들에게 그럴 자격이 있는지 모르지만 그의 부탁을 거절할 수는 없었다.

이어폰을 하나씩 귀에 나눠 꽂은 지효와 윤서는 멀리서 보면 사이 좋은 십대 소녀들 같았다. 그들의 한쪽 귀로는 여전히 세상의 소리들이 들렸지만 나란히 이어진 귀 사이로는 〈스무 살〉이 재생되고 있었다. 영원히 끝나지 않을 것처럼.

해설

사랑의 코기토

양윤의(문학평론가)

사랑은 성욕과도 결혼과도 대립된다.
사랑은 도둑질에 속하지
사회적 교환에 속하지 않는다.
—파스칼 키냐르, 『은밀한 생』

1. 사랑의 존재론, 연애의 위상학

사랑만큼 극적인 성장드라마가 또 있을까. 박주영은 성장통을 앓는 젊은이의 좌충우돌 청춘 시절을 다룬 일종의 사랑 지침서 두 권을 이미 제출한 바 있다. 『백수생활백서』(민음사, 2006)에서 성실한 독서광인 '서연'이 기록해둔 수많은 참고문헌과 인용문 들은 사랑의 존재방식에 대한 각주로 읽힌다. 어쩌면 그것은 지식을 팔고 사는 쇼핑몰 체험기와 같은 것이었을지도 모른다. 쇼핑을 통한 소비는 자본화된 도시생활자의 보편적 삶의 양식이다. 백수생활자를 소비세태의 상징으로 취급하는 것은 부당하다고 생각하는 독자가 있을지도 모르겠다. 하지만 탐욕스러울 만큼 책 읽기에 몰두하고 구절들을 구전(口錢)처럼 다루는 인물에게 도서관은 쇼핑몰의 한 형식일 뿐이다. 백수건 독서광이건 도서관이라는 쇼핑몰에서 지식을 소비하는 쇼퍼홀릭(Shopaholic)이라는 점은 다를 바 없는 것이다. 이들은 자신만의 문장을 찾기 위해(혹은 소설을 쓰기 위해) 온갖 책을 뒤지고 수많은 페이지를 소비하고 수많은 구절을 뜯어먹다가 끝내 행간에서 길을 잃는다.

자신만의 독창적인 레시피를 찾아 나선 장편소설 『냉장고에서 연애를 꺼내다』(문학동네, 2008)는 어떤가? 실용적인 '인생 사용설명서'라는 면에서 보면 이 책은 『백수생활백서』의 자매편이다. 제목과 다르게 이 책은 본격 연애소설이라기보다는 연애를 시작하기 위해 필요한 자세를 일러주는 '연애준비소설'이다. 레시피를 발견하는 탐구 과정이 나와 타인의 관계를 본격적으로 탐색하는 과정과 겹치기 때문이다. 우리는 알고 있다. 소설가에게는 그 소설을 읽어줄 이상적인 독자가 필요하듯이, 저 여인의 부엌에는 그 요리를 먹어줄 파트너가 대기해야 한다는 사실을. 파트너가 있어야 소설도 요리도 완성된다.

연애 시절을 돌아보면서 사랑의 밀어를 수집하고 싶은 세련된 독자가 있다면 『백수생활백서』를 추천할 의향이 있다. 실용적이고 현실적인 '관계의 레시피'를 배우고 싶은 독자가 있다면 『냉장고에서 연애를 꺼내다』의 일독을 권한다. 적어도 우리는 한번쯤 실연을 경험해보았으며 실연이 안겨준 고통이 저 사랑의 진짜 이름이라는 것을 알고 있는 사람들이다. 두 편의 소설을 통해서 보여준바 소설가 박주영은 적어도 사랑의 관계가 사람 사이의 존재론적 국면을 구성한다는 것을, 그것이 가장 첨예하게 드러나는 자리가 연애담이라는 것을 알고 있다. 이번 소설집에서 박주영은 연애의 문법을 벗어던지고 관계의 위상학을 구축하는 데 몰두한다. 여기서 개인의 정체성이 부재(不在)의 형식으로 소환되고 사랑의 존재론이 기억과 소유의 방식으로 상기되며 글쓰기의 특수성이 소멸의 형식으로 현상한다. 그것도 어떤 모순 속에서 그렇게 된다. 이 양극의 순환을 중심으로 박주영의 세계를 여행해보자.

2-1. 나는 부재한다. 그러므로 나는 존재한다.

한 실연남의 이야기에서 시작해보자. 남자가 기억하는 한, 그는 첫번째 실연을 당하고 있는 중이다.

> 명백한 거절이었다. 그리고 어쩌면 이것은 내가 기억하게 될, 내 인생의 첫번째 실연이었다. 이럴 때 삼십대 중반의 남자들은 어떻게 할까? 시계를 사고 차를 바꿀까? 시계를 모으고 차를 바꾸려고 더 열심히 일할 수도 있겠다. 불행한 사람들은 일밖에 할 게 없다. 인생이 무의미하게 느껴져도 살아가려면 그렇게라도 해야 한다. 어쨌든 마지막인데 추하게 굴 수는 없다. 추억이라고는 없는 내 기억에 이 장면은 언제까지고 남을 테니까.(「스파이의 탄생」, 61쪽)

이 남자는 헤어지는 순간까지도 멋진 인상을 남기기 위해서 노력 중이다. 그는 유명 금융회사의 애널리스트로, 금융시장을 분석하는 게 직업이지만 정작 자신의 삶을 분석해야 하는 처지에 놓였다. 서른다섯의 그는 갑작스러운 의식불명 상태에 빠져서 육 개월 동안 사경을 헤매다 삼 주 전에 극적으로 의식을 되찾았다. 하지만 그는 스무 살 이후의 기억을 되찾지 못했다. 그의 정신은 삼십오 년간의 사회적, 공적 정보를 모두 축적하고 있으나 십오 년간의 개인적인 기억은 통째로 삭제된 셈이다. 잃어버린 십오 년을 복구하기 위해 병원에서 자신의 보호자 노릇을 해준 대학동창 'Y'를 만난다. 그러나 그녀에게서 전해들은 이야기는 자신의 이십대 모습일 뿐이었다. 그것은 "그녀의 진실"(53쪽)이지 자신의 진실이 아니다.

남자는 그녀에게 구애했으나 거절당한다. 인용한 장면은 그녀를 떠나보내는 공항에서의 마지막 이별의 순간이다. 그는 방금 Y에게서 그가 기억할 수 있는 한, 최초의 거절을 당했다. 공항 장면은 실연의 첫 경험으로 오래도록 불려나올 추억의 미장센이 될 것이다. 이 장면이 중요한 이유는 그 이별을 겪은 후 그가 새로운 정체성을 부여받기 때문이다. 모든 헤어짐은 우리를 세계와 잠시 떼어놓는다. 고독의 순간에 직면한 우리가 다급하게 선택한 다음 경로가 어쩌면 사후적으로 운명이라 부르는 삶의 또다른 갈피가 된다. 어쩌면 저 이별을 최초의 이별로 만들기 위해서 십오 년간의 기억이 송두리째 삭제된 것은 아닐까.

남자는 "조직과 정장과 숫자"(41쪽)로 대체될 수 없는 자신만의 이야기를 찾아야 한다. 그는 퍼즐 조각을 맞추는 심정으로 Y를 찾았으나 그녀 역시 정답을 알려주지 않았다. 그렇다면 정답은 없다고 말해야 하나? 이때 조직의 보스가 나타난다. 그는 남자가 스파이라고 말해준다. 그리고 남자는 스파이가 되기로 한다. "내 인생은 가치 있으며, 너 없이 이 세계는 존재하지 않는다고" 말해주는 거울의 세계로 진입하는 순간이다. "삶은 선택할 수 있는 것이 아닐지도 모르지만 그 삶을 운명으로 받아들일 것을 선택할 수는 있다."(62쪽) 이로써 그는 자신이 스파이였다고 믿기 시작한다. 소설의 말미에 보고서가 한 부 배송된다. "그가 복귀했다"고. 그런데 그는 원래의 자기 자리로 돌아온 것일까. 아니면 그가 "자신이 스파이였다고 믿기 시작"(63쪽)했을 때 스파이가 된 것일까. 사실 어느 쪽이든 상관없다. "우리가 승리하기 위해 필요한 것은 그들이 그렇게 믿으며 아무것도 하지 않는 것이다. 그것이 임무수행이다."(63쪽) 그는 이미 선택함으로써 자신의 임무를 완수했기 때문이다. 그가 스파이였건 아니건, 그는 지금 스파이의 정체성을 얻음으로써 스파이가 되었다. 우리의 정체성이 얼마나 불완전한 것이며 또한 이 사회가 얼마나 손쉽게 도착적이고 순응적인 인간형을 만들어내는지를 보여주는 장면이다. 문제는 그가 이전을 무(無)로 돌려야만, 지금의 그가 탄생한다는 사실이다. 명제로 바꾸어 보자. 나는 존재하지 않았다. 나는 부재한다. 고로 나는 존재한다.

2-2. 나는 부재한다. 그러나 나는 존재한다.

부재에서 시작된 삶을 선택한 남자의 이야기가 「스파이의 탄생」이라면 「메리골드」는 그것의 여자 버전이다. 남자가 자신을 지우고(무화하고) 새로운 삶을 시작했다면 여자는 자신의 형상을 거짓된 것으로 만들고 새로운 삶을 시작하려고 한다. 세 친구인 가영, 윤서, 지효는 결혼 적령기의 여성들이다. 소설의 주인공은 '얼음공주'라는 별명을 가진 가영이다. 가영은 가난하게 컸다. 힘겹게 서울에 정착하여 속절없이 이십대를 보낸 그녀는 서른세 살이 되도록 원룸에서의 독신생활을 청산하지 못했다. 가영은 "결혼은 대학입시 같은 거"(181쪽)라고 생각한다.

> 가영은 다 가질 수 없다는 것을 안다. 가질 수 있는 것 가운데 최고로 좋은 것, 혹은 절대로 포기할 수 없는 것을 가지면 된다. (……) 결혼은 대학입시 같은 거라고 가영은 생각했다. 어떤 사람은 그것에 아무런 가치를 두지 않을 수도 있고, 그러나 웬만하면 모든 사람이 치러야 할 것으로 생각하는, 그렇지만 그것만으로는 아무것도 해결될 수 없는. 선택을 할 때는 단순하다. 점수에 맞추어야 하며, 경쟁자들을 생각해야 하며, 미래의 가능성을 고려해야 한다. 그리고 무엇보다 경제적인 사정을 고려하지 않을 수 없다.(「메리골드」, 180~181쪽)

그녀는 미래가 밝은 명문대 출신의 고시생을 소개로 만나 교제중이다. 남자는 작은 키에 왜소한 체격, 평범한 외모의 소유자이지만 많은 유산을 남겨줄 늙고 병든 부모가 있다. 가영은 그와 미래를 함께해야만 삶의 안전선 안에 머물게 될 것이다. "가영은 이미 계산을 끝냈다."(183쪽) 그런데 그녀에겐 세호라는 매력적인 외모를 가진 남자도 있다. 이십대 중반의 젊고 아름다운 애인을 둔 나쁜 남자 세호. 가영은 세호와 함께한 과거를 정리하고 결혼이라는 안전선에 진입하려고 노력한다. 그러나 마음처럼 쉽지 않다.

> "그 남자를 사랑하니?"

"사랑? 그게 뭔데?"(「메리골드」, 184쪽)

그녀는 끝내 달콤한 사랑이 아닌 현실적인 결혼을 선택한다. 여기까지만 보면, 통속적인 삼각구도의 안전한 전개과정처럼 보인다. 가영은 신혼여행지에서 남편이 품어온 사회정의에 대한 의지와 보편적인 가치에 대한 생각을 듣게 된다. 그녀는 남편에게서 휴머니즘에 가까운 보편적인 사랑과 존경심을 확인한다. 그러나 그를 결코 사랑할 수는 없을 것 같다. 가영은 자신의 지난 사랑을 사무치게 그리워하며 괴로워한다. 그녀는 세호에게 매력을 느끼고 그에게 끌리는 자신을 부정하고, 안전한 현실에 기대고 싶어하는 자신을 창조했다.

그런데 뜻밖에도 그녀는 이어폰을 귀에 꽂고 있다가 언덕에서 밀려내려온 트럭 소리를 듣지 못해서 변을 당하고 만다. 부서진 가영의 몸은 화장터의 가루가 되어 돌아왔다. 장례식이 끝나고 두 달이 지난 어느 날 가영의 남편은 지효와 윤서에게 가영이 지니고 있던 아이팟을 전달한다. 죽는 순간까지 그녀가 듣고 있던 유품이다. 이어폰을 하나씩 나눠 귀에 꽂은 지효와 윤서는 "사이좋은 십대 소녀들 같았다".(190쪽) 둘은 아이폰에서 흘러나오는 〈스무 살〉이란 노래를 듣는다. 요컨대 그 노래는 그녀가 애써 지워버렸던 부재의 저편에서 들려오는 음악이다. 그녀는 한 남자의 사랑하는 아내로 죽었고 또한 그렇게 추억될 것이다. 그렇다면 저 멜로디를 듣고 있는 스무 살 그녀와 친구들은 누구인가. 어쩌면 저 소녀들은 아무리 지우고 지워도 저렇게 또다시 출현하는 것이 아닐까. 이렇게 고쳐 말할 수 있겠다. 나는 부재한다. 그러나, 그럼에도 불구하고 나는 존재한다.

3-1. 나는 소유한다. 고로 나는 존재한다.

“나는 부재한다. 고로/그러나 나는 존재한다”는 저 인물들이 성찰의 여유조차 없는 숨가쁜 삶을 살고 있으며 이미 주어진 삶을 자유로운 선택의 결과라고 믿고 있음을 보여준다. 그것은 도착적인 정체성이다. 세계는 변하지 않는다는 그릇된 믿음으로 배태된 신앙이다. 그것이 소유의 문제로 전이될 때 두번째 명제가 탄생한다.

「나는 아이팟이다」는 박주영의 첫 소설집의 대표작이라고 말해도 좋을 만한 상징성을 갖는 작품이다. 열일곱 소녀 정아는 암에 걸린 엄마의 병상을 지키고 있다. 정아에게는 두 명의 언니가 있다. 한 명은 병원에서 만난 암 환자 윤주 언니이고 다른 한 명은 미국에 살고 있다는 친언니 윤아 언니다. 항암치료를 받으며 병원생활을 하던 윤주 언니는 정아의 보호자 노릇을 해주었다. 정아가 얼굴 한 번 본 적 없는 윤아 언니에게 시한부 인생을 살고 있는 엄마의 근황을 전하게 된 것도 윤주 언니의 조언 때문이다. 그러나 엄마는 너무 빨리 세상을 떠났고 윤아 언니는 너무 늦게 한국으로 돌아왔다. 다섯 달 전부터 시작된 정아와 윤아 언니의 동거는 이렇게 시작되었다.

정아는 윤아 언니가 있는 집이 아니라 윤주 언니가 있는 병원이 더 편안하고 익숙하다. 윤주 언니가 항암치료를 반복하면서 시간을 견디는 과정을 정아는 함께 체험했다. 병원에서 견디는 “한계의 시간”을 “변화의 시간”으로 받아들인 것 역시 윤주 언니와 함께했기에 가능했다. 윤주 언니와 정아 사이에 놓인 튼튼한 교량이 바로 음악과 영화를 공유할 수 있게 해준 아이팟이다.

애인이 자신의 아이팟에 든 음악을 모두 지워버린 데 격분해서 아이팟으로 애인의 머리를 내리쳐서 죽인 여자에 관한 이야기를 나도 어디선가 본 적이 있었다. (……) 아이팟을 자신이 좋아하는 음악과 사진과 비디오로 차곡차곡 채우고 자신이 원하는 대로 분류하는 데에는 노력과 시간이 들었다.

"그럼 그건 그의 아이팟이 아니지."

윤주 언니와 나는 그 아이팟들을 칼 라거펠트의 것으로 인정할 수 없다는 데 동의했다. 자신의 시간을 투자해서 하나씩 채우고, 그렇게 선택한 것들과 보낸 시간의 흔적이 고스란히 남은 아이팟만이 진정한 아이팟이기 때문이다. 그래서 언니의 새로운 아이팟 터치는 우리의 아이팟이 되었다.(「나는 아이팟이다」, 24쪽)

아이팟은 정아와 윤주 언니를 묶어주는 매개물이자 서로의 내면을 고백할 수 있는 통로이기도 하다. 윤주 언니의 아이팟은 윤주 언니가 음악이나 드라마 혹은 영화를 보면서 간접적이고 우회적으로 전달한 비밀의 저장고이다. 정아와 윤주 언니 사이의 친밀감과는 대조적으로 정아와 윤아 언니 사이에는 낯선 거리감이 남아 있다. 메마른 친자매 사이가 윤주 언니의 죽음을 통해서 변화하게 된다. 정아는 윤주 언니의 임종을 지키기 위해 병원을 찾아간다. 윤주 언니는 호흡기를 뗄 것인가를 놓고 가족의 마지막 선택을 기다리고 있다. 정아는 윤주 언니가 "생명을 연장하는 어떤 시술도 하고 싶지 않다는 것, 의식 없이 살아 있고 싶지는 않다"(27쪽)고 말했던 사실을 떠올리고 언니의 어머니에게 그 얘기를 전한다. 그날 저녁 의사는 윤주 언니의 사망을 선언했다. 집으로 돌아온 정아는 함께 미국으로 가자던 윤아 언니의 제의를 받아들이기로 한다. 지금껏 서로 귀를 막고 있던 자매에게 첫 소통의 계기가 생긴 셈이다. 정아는 미국에 가면 스텔라라는 이름으로 살겠다고 말한다. 스텔라는 윤주 언니가 자신의 아이팟에 붙인 별명이다.

「스파이의 탄생」이 소비하는 주체에 대해 문제를 제기한다면 「나는 아이팟이다」는 소비하는 주체에서 소유하는 주체로 넘어오는 과정을 그린다. 정아가 스텔라라는 이름을 갖겠다고 결심한 것을, 그녀가 일개 플레이어(아이팟)가 되겠다는 선언으로 이해할 필요는 없다. 그것은 아이팟 세대의 존재선언과는 거리가 멀다. 정아는 언니가 아끼는 의미 있는 존재가 되고 싶다는 소망을 담아 스텔라라는 이름을 선택한 것이다. 스텔라 속에는 언니가 좋아한다고 말했던 노래와 실제로 언니가 자주 들었던 노래의 흔적이 남아 있다. 그것이 언니의 기억이고 언니와의 추억이다. 기억의 목록이란 그 자체로 한 개인의 일기이기도 하고 누군가가 집필한 소설책이기도 할 것이다. 그가 꿈꾸는 것과 그가 바라는 삶에 대한 각주들이라고 말할 수 있을 것이므로. 그런데 그 의미 있는 존재가 거대한 무언가일 수가 없고 작은 아이팟이라는 점에 아이러니가 있다. 정아는 윤주 언니의 보물이 됨으로써 부재를 넘어서는 소유의 문제를 체현한다. 정확히 말해서 그녀는 아이팟을 소유한 것이 아니라, 아이팟(스텔라)이 됨으로써 윤주 언니의 부재를 메운다. "나는 소유한다. 고로 나는 존재한다"의 명제가 탄생하는 순간이다. 물론 그 '소유' 속에는 소유한 자와 소유된 사물 사이의 역전이 있다. 정아가 아이팟을 소유한다는 것은, 그녀가 아이팟이 된다는 뜻이자 아이팟을 소유한 언니의 소유물이 된다는 뜻이기 때문이다. 나는 스텔라다. 고로 나는 스텔라로서 존재한다. 사랑은 이렇게나 힘이 세다. 무엇이든 자신의 소유로 만들어버리기 때문이다.

3-2. 나는 소유하지 않는다. 고로 나는 존재한다.

그런데 소유할 수 없는 것을 소유하고자 할 때는 어떤 일이 벌어지는가? 이를테면 스토커의 욕망 앞에서 우리의 존재는 어떻게 되는가? 「칼처럼 꽃처럼」은 이 문제를 정면으로 다룬다. 표제가 말해주듯 사랑하는 이에 대한 기억은 (칼이 전하는) 고통이면서 (꽃이 주는) 황홀이기도 하다.

> 나는 실연이란 인간의 힘으로는 어쩔 수 없는 자연의 법칙에 속하는 일이므로 어쩔 수 없다고 생각했다. 그렇게 생각하고 나면 조금은 무책임해질 수 있고, 내 인생에 내 의지와는 상관없이 또다른 무언가가 남아 있는 것처럼 여겨지기도 했다.(「칼처럼 꽃처럼」, 68쪽)

'나'는 두 번의 실연을 경험한다. 첫 실연은 가난과 함께 왔다. '나'는 처음 만난 남자와 함께 살고 있다고 생각했으나 그는 '나'를 데리고 산다고 여겼다. 그가 느낀 경제적, 심리적 부담감은 결국 둘 사이의 사랑 자체를 부정하게 만들었다. 그는 미래를 계산하느라 현재를 포기한 남자이다. 그와 헤어진 '나'는 '케이'의 작업실로 갔다. 케이는 소설을 쓰기 위해 직장을 그만둔 남자다. 케이 역시 사랑하는 여자에게 이별을 통보받았다. '나'와 케이는 실연의 역사를 공유했다. "우린 둘 다 버림받았다."(75쪽) 가난한 남자의 집에서 케이의 작업실로 옮겨오는 동안 '나'의 신상에 큰 변화가 생겼다. 화려한 미모를 이용해 스무 살 차이가 나는 남자와 결혼하여 풍요롭게 살던 어머니가 스토커에게 살해를 당하는 사건이 일어난 것이다. 스토커는 어머니를 죽인 후 동반자살하려고 했지만 결국 살아남았다. 어느 날 '와이'라는 사내가 '나'에게 나타나 그 스토커에 대한 얘기를 전한다. '나'는 어머니를 살해한 스토커가 실은 진심으로 어머니와 사랑을 나눈 연인일지도 모른다는 것, "누군가를 전부 아는 일은 불가능"한 일이며 "어제의 진실도 오늘은 거짓이 될 수 있고, 오늘의 거짓이 내일은 진실이 될 수 있다"(82쪽)는 것을 깨닫는다.

「칼처럼 꽃처럼」에는 수많은 실연담이 등장한다. 그에게 이별통보를 받은 '나', 그리고 옛 여자를 잊지 못하는 케이, 어머니의 마지막 연인(혹은 스토커), 어머니의 외도를 발견한 새아버지, '나'를 찾아온 '와이' 등등. 새로운 사랑, 새로운 관계는 역설적으로 이전의 관계를 바꾸어놓는다. 그것은 누군가에게는 칼날의 고통을, 누군가에게는 꽃과 같은 축복을 선사하는 일이다. 한동안 자취를 감췄던 케이가 다시 '나'의 앞에 나타났다. 헤어진 여인을 보고 왔다고 말하는 케이의 말을 듣자 '나'의 마음 한가운데에 칼 하나가 번쩍였다. 어쩌면 "궁극의 저주는 잊혀지는 것"(94쪽)일지도 모른다. 문제는 선택받지 못한 자의 저주가 그와의 기억이 완전히 소진하는 순간까지 지속된다는 데 있다. 저 고통스러운 실연(失戀)의 실연(實演)이 삶의 다른 이름인 것이다. 칼을 들고 꽃을 꺾으려는 소유욕망은 파괴욕망과 동시적으로 작동한다. 그는 소유함으로써 부재를 만든다. 사라진 케이가 '나'의 존재를 부재로 돌려놓은 것처럼. 그렇다면 앞에서 말했던 명제는 뒤집혀야 한다. 나는 소유하지 않는다. 고로 나는 존재한다. '나'가 그를 잃었을 때 케이를 얻었듯이. 박주영은 탄생을 말하는 동시에 그 탄생의 허점과 구멍과 결핍을 가리킨다. 나는 구멍이다, 나는 상처이다, 나는 실패이다. 동시에 나는 그렇게 태어난다. 나는 소유하지 않는다. 그리고 그것으로서 존재한다. 우리는 그 불완전성을 상기할 필요가 있다. 그것이 우리가 사랑을 할 수 있는 유일한 이유이다.

4-1. 나는 쓴다. 고로 나는 존재한다.

앞서 언급한 사랑의 코기토, 관계의 위상학은 모두 글쓰기의 문제로 수렴된다. 박주영은 두 편의 소설에서 소설가를 등장시켜, 쓰기와 관련된 존재론을 탐색한다.

수취인 불명의 연애편지가 되돌아온다면? 이 모든 고통을 모조리 잊어버리고 싶다면? 고통을 기억으로 실어나르지 않고 행복과 즐거움의 유토피아를 꿈꾸는 사람이 있다면 「파라다이스 아일랜드」를 소개하겠다. '파라다이스 아일랜드'는 고통 없는 인류가 만든 새로운 낙원이다. 이 SF적 세계에는 세 종류의 인간이 산다. 예전의 순수한 인간, 즉 '불완전한 인간들'은 멸망의 길을 걷고 있다. '완전한 인간들'은 기억을 무한 복제함으로써 새로운 정체성을 선택하고 영생을 누린다.

"완전한 인간들은 인생을 열여덟 살이나 스무 살부터 시작한다. 간혹 서른 살부터 시작하는 인간들도 있긴 하다. 기준은 그들이 선호하는 외모와 최상의 건강상태다. 열여덟 살 이하로의 선택은 불가능하다. 이 세상에는 그들을 양육해주고 지원해주고 교육해주는 프로그램이 존재하지 않는다. 그들은 태어날 때부터 완전한 인간이어야 한다." 두 종류의 인간 사이에서 세번째 인간들이 태어난다. 즉 "나처럼 순수한 인간과 완전한 인간 사이에서 태어난 희소한 아이들, 복제가 잘못되어 완전 성장 이전에 꺼내어진 불완전한 아이들, 그리고 실험대상 인조인간들이 있었다".(128쪽)

피노키오처럼 거짓말을 하는 아이들이나, 그와 비슷하게 거짓된 이야기를 꾸며내는 소설가가 세번째 종족에 속한다. 최후의 인류인 순수한 인간과 새로운 인류인 완전한 인간 사이에서 태어난 '나'가 기억을 다루는 일을 한다는 점은 퍽 흥미로운 설정이다. 박물관에서 소설복원사로 일하고 있는 '류' 역시 그러하다. 류는 다음 생을 위해 복제되었지만 결함이 발견된 불완전한 인간이다. 류는 이야기를 재구성하는 능력 덕분에 살아남을 수 있었다. 완전한 인간에게는 없는 예술적 재능이 불완전한 인간의 유일한 능력이라는 말이다. 그런데 이것이야말로 글쓰기의 운명이 아닐까? 우리는 불완전하기 때문에 이야기를 꾸며낸다. 모든 기억과 정체성을 무로 돌리고 처음부터 새롭게 시작하는 저 완전한 인간들은 "나는 부재한다. 고로 나는 존재한다"의 형식을 사는 자들이다. 비록 순수한 인간들이 소멸과 부재의 운명을 겪을 수밖에 없을지라도 글쓰기를 실천하는 이들만큼은 후자의 편을 들어야 한다. 그런 불완전만이 "나는 부재한다. 그러나 (그럼에도 불구하고) 나는 존재한다"의 형식을 살아낼 수 있으니 말이다.

인생의 변수를 불행으로 취급하는 새로운 인류는 완전한 행복을 완성하기 위해 삶의 변수에 직면할 때 이번 생을 종료하고 새로운 생을 시작한다. 완전한 행복을 향한 무한한 자유가 펼쳐지는 곳. 이곳에서 완전한 인생은 무한 반복된다. 그것이 행운일까 천형일까. 이곳에도 사랑은 존재할까? "재생을 거부한 완전한 인간과 죽음을 향해 늙어가는 순수한 인간의 관계를 순수한 인간들은 사랑이라고 불렀고 완전한 인간들은 오류라고 불렀다."(132쪽) 그러니 무언가를 쓴다는 것은 불완전을 기록하는 일이다. 모든 것을 무화시킬 수 없게 만드는 일, 흔적을 만드는 일이기 때문이다. 그리고 그것이야말로 사랑의 존재론에 속하는 일이 아니겠는가.

4-2. 나는 쓴다. 고로 나는 존재하지 않는다.

순수한 인간과 완전한 인간의 '관계'가 바로 사랑이자 오류라면, 소설은 바로 그런 관계에서 생겨나는 보잘것없는 소소한 이야기들을 이르는 말이다. 소설가의 죽음과 소설의 탄생을 압축적으로 보여주는 「소설 小說 小雪」을 통해 그것을 확인해보자. 저 표제는 소설의 구성요소를 간명하게 보여준다. 이 작품의 주인공이 바로 소설(小說)이라 할 수 있다. 한 편의 소설이 완성되는 과정 자체가 플롯이 되는 자기 참조적인 소설이다.

한 여자가 비행기에서 소설책을 읽고 있는 남자를 우연히 만난다.

그녀는 남자에게 자신이 그 소설책을 만든 사람이라고 소개한다. 그녀는 자신이 소설가의 집필작업 대부분을 대신하는 사람이고 그 소설가가 떠넘긴 작업 때문에 고통을 겪고 있으며 그래서 소설가를 죽이고 싶다고 말한다. 남자는 농담삼아, 소설가를 살해한 후 그의 작품을 유서로 만들어 자살로 위장하는 범행방법을 일러준다. 그도 한 편의 소설을 쓴 셈이다. 둘은 첫눈이 오는 날 재회하기로 약속하고 헤어진다. 그런데 얼마 후 그 소설책의 소설가가 실제로 자살했다는 뉴스가 보도된다. 남자는 경찰서를 찾아가 그 소설가가 살해당했을 가능성이 있다고 말한다. 그는 그 자살이 자신의 말을 따른 소설책 제작자의 소행이라고 확신한 것이다. 형사들은 그의 말을 믿지 않는다. 남자가 소설을 쓰고 있다고(이야기를 꾸며낸다고) 생각한다. 얼마 후 그때의 비행기 탑승자 명단에서 소설가의 이름이 나온다. 바로 그 여자가 소설가였다는 사실이 뒤늦게 밝혀지는 순간이다. 첫눈이 온다고 전해지는 소설(小雪)에 발표된 유작의 표제가 바로 『小說 小雪』이다. 유작의 완성과정 자체가 「소설 小說 小雪」의 부분을 이루는 셈이다.

「소설 小說 小雪」은 소설가의 죽음과 소설의 탄생에 대한 우의를 담고 있는 소품이다. 모든 소설은 일종의 유서일 수밖에 없다. 모든 책이 자서전이듯이. 책의 마지막 장에 췌언으로 붙어 있는 '작가의 말'까지도 우리는 진실인지 아닌지 가늠할 수 없다. 소설가가 고마움을 전한 'K'가 소설가 본인의 이니셜인지, 영감을 준 그의 이름의 이니셜인지 혹은 그것 역시 아닌지 알 수 없다. 이 단편 안에는 한 인간의 전 생애를 압축한 작품이 들어 있다. 한 편의 짧은 이야기 속에 한 권의 책이, 한 인간의 전 생애가 통째로 녹아들어가 있는 셈이다. 그러고도 우리가 상상할 수 없는 공란이 거기에는 있다.

그렇다면 이렇게 말해야 한다. 「파라다이스 아일랜드」가 불완전과 부재를 기록함으로써 살아남은 소설가의 존재를 이야기한다면 「소설小說 小雪」은 그렇게 완성됨으로써 소설의 뒤편으로 사라져야 하는 소설가의 부재를 이야기한다고. 이야기가 완성되기 위해서 소설가는 죽어야 한다. 모든 글은 글쓰기의 주체를 행간에 얽어넣는다. 주체는 그 책에서 빠져나올 수가 없다. 작가는 그 바깥으로 추방된다. 나는 쓴다. 고로 나는 존재하지 않아야 한다.

5. 사랑의 코기토, 모순과 관계의 현상학

"사랑이 목숨을 버릴 정도로 소중한 것인가." 목숨을 건 사랑에 대해서 묻는다면 그녀들은 딱 잘라 말할 것이다. "신파군, 신파."(177쪽) 그러나 그녀들이 태연한 표정을 유지하지 못하리라는 것도 추측할 수 있다. 사랑이란 교환이 아니라 도둑질이며, 도둑처럼 찾아온 당신이 나의 인생을 송두리째 바꾸어놓을 거라는 사실을 이들은 누구보다 잘 알고 있기 때문에.

박주영의 말처럼 "사랑하다"가 "생각하다"에서 나왔다면 작가의 소설론을 이렇게 요약하면 어떨까. 나는 사랑한다. 고로 나는 존재한다. 사랑의 코기토는 개인의 정체성을 특별한 방식으로 소환하는 방법론이다. 나는 타인 앞에 불려나오지만 부재의 형식으로만 소환된다. 나는 연인의 기억 속에 영원히 정착하고 싶지만 소유의 방식으로 상기될 때 완전히 잊힌다. 기억에 대한 나의 글쓰기는 소멸의 형식으로 현상한다. 그것은 사랑을 포기하지 않는 주체, 사랑의 코기토가 떠안아야 하는 근본적인 모순이다. 그럼에도 불구하고 나는 사랑하고 고로 나는 존재한다. 그것이 이 젊은 작가가 첫번째 소설집을 세상에 내놓기 위해 떠안은 아름다운 모순이 아닐까.

작가의 말

사랑이 흔한 맹세처럼 영원할 수 없다면 실연은 필연적이다. 동시에 사랑에 빠지는 축복을 누구나 누릴 수 없는 것처럼 동시에 이별을 받아들이는 것도 불가능하다. 이 세상 모든 사람의 인생이 어쩌면 그리 특별할 것이 없는지도 모른다. 누구든 목숨을 걸듯 사랑할 수 있고, 누구든 원하지 않는데도 헤어질 수 있으며, 누구든 살면서 한두 번쯤 진짜 죽고 싶었을 것이며, 그럼에도 여전히 살아 있을 것이다. 어떻게 할 수 없는 것들은 그냥 포기해버리거나 미련 없이 돌아서고, 곧 잊어야 한다. 그러나 그럴 수가 없는 일이 있고, 그렇게 되질 않는 사람이 있다. 완전히 잊는다고 할 때 그 완전함이란 영원한 불가능을 뜻하는 것이다. 그런데 영원히 불가능을 받아들이는 것이 가능한 것인가.

첫번째 소설집이다. 소설이 점점 더 힘들어진다. 스스로를 비관적 낙천주의자라고 생각했는데 비관이 낙천보다 커진다. 가능과 불가능이 싸운다. 한 문장도 쓸 수 없는 나날, 그래도 썼고, 쓰고 있다. 쓰지 못함에 대하여 쓰는 날이 언젠가는 쓸 수 없는 날이 될지라도 쓸 수밖에 없다. 그리고 지금은 다시 가능성의 순간이다.

내가 알지만 잘 알지 못하는 모두, 나를 잘 알지 못하나 아는 모두에게 고마움을 전하고 싶다. 특히 지금은 이 세상에 없는, 내가 영원히 사랑할 수밖에 없는 사람들에게.

2013년 여름

박주영

| 수록 작품 발표 지면 |

나는 아이팟이다 …… 『현대문학』 2009년 9월호

스파이의 탄생 …… 『한국문학』 2009년 가을호

칼처럼 꽃처럼 …… 테마소설집 「여신과의 산책」(2012)

소설 小說 小雪 …… 테마소설집 『사랑해, 눈』(2011)

파라다이스 아일랜드 …… 문장 웹진 2012년 2월호

메리골드 …… 미발표작

문학동네 소설집
실연의 역사

초판인쇄 2013년 8월 23일
초판발행 2013년 9월 2일

지은이 박주영
펴낸이 강병선
책임편집 이경록 | 편집 정은진 황예인
디자인 고은이 유현아 | 마케팅 신정민 서유경 정소영 강병주
온라인마케팅 김희숙 김상만 이원주 한수진
제작 서동관 김애진 김동욱 임현식 | 제작처 영신사

펴낸곳 (주)문학동네
출판등록 1993년 10월 22일 제406-2003-000045호
주소 413-120 경기도 파주시 회동길 210
전자우편 editor@munhak.com | 대표전화 031) 955-8888 | 팩스 031) 955-8855
문의전화 031) 955-8890(마케팅) 031) 955-8864(편집)
문학동네카페 http://cafe.naver.com/mhdn | 트위터 @munhakdongne

ISBN 978-89-546-2228-8 03810

* 이 도서의 국립중앙도서관 출판시도서목록(CIP)은 서지정보유통지원시스템 홈페이지(http://seoji.nl.go.kr)와 국가자료공동목록시스템(http://www.nl.go.kr/kolisnet)에서 이용하실 수 있습니다. (CIP 제어번호 : 2013015796)

www.munhak.com